古代文史名著选译丛书

主编 章培恒 安平秋 马樟根

唐五代词选译

修订版

译注 亦 冬
审阅 董治安

凤凰出版传媒集团 凤凰出版社

图书在版编目（CIP）数据

唐五代词选译 / 亦冬译注. -- 南京 : 凤凰出版社, 2011.5
（古代文史名著选译丛书）
ISBN 978-7-5506-0411-7

Ⅰ. ①唐… Ⅱ. ①亦… Ⅲ. ①词（文学）—作品集—中国—唐代②五代词—选集 Ⅳ. ①I222.84

中国版本图书馆CIP数据核字(2011)第046063号

书　　名　唐五代词选译
译 注 者　亦　冬
责任编辑　卞　岐
出版发行　凤凰出版传媒集团
　　　　　凤凰出版社(原江苏古籍出版社)
　　　　　南京市中央路165号　邮编 210009
　　　　　发行部电话025-83223462
集团网址　凤凰出版传媒网　http://www.ppm.cn
照　　排　江苏凤凰制版有限公司
印　　刷　江苏凤凰扬州鑫华印刷有限公司
　　　　　扬州市江阳工业园蜀岗西路9号　邮编 225008
开　　本　960×1304毫米　1/32
印　　张　7.75
字　　数　126千字
版　　次　2011年5月第1版　2011年5月第1次印刷
标准书号　ISBN 978-7-5506-0411-7
定　　价　16.00元
(本书凡印装错误可向承印厂调换,电话:0514-85868858)

《古代文史名著选译丛书》编委会

《古代文史名著选译丛书》修订版
出版说明

呈献在读者面前的这套《古代文史名著选译丛书》是2011年的修订版。全书共134册，包括了中国从先秦至清末两三千年间的著名典籍。每部典籍都选其精粹(《论语》《老子》则全文收录)，收录原文，加以简明的注释，力求准确地译为现代汉语，并于每一篇之前写有对该文的提示性说明。这是近一个世纪以来，规模最大、收录种类相对齐全、译注质量较高的一套普及传统文化的今译丛书。

这套丛书，原在1992年—1994年由巴蜀书社分三批出齐，印行过万套；不久，又由台湾的出版机构买去海外版权在台湾及海外发行，可见这套丛书当年在两岸受欢迎的程度。时隔17年，丛书编委会决定重新修订，改由江苏凤凰出版集团所属的凤凰出版社出版。

这套丛书是由教育部属下的全国高等院校古籍整理研究工作委员会(简称古委会)于1985年策划的。古委会组织了全国18所大学的古籍整理研究所的所长任编委会编委，由我们三人任主编，在全国范围内选请学有专长的学者承担各书的译注。从1986年—1992年，历时7年完成。当时，编委会制订了严明、可行的体例和细则，译注者按要求完成书稿。每部书稿完成后，都在全国范围内请编委会之外的专门研究这一学术领域的两位专家初审，合格后再请两位编委参照初审意见审改，然后退还原译注者改正。待原译注者改正后，再由编委会集中常务编委和部分编委、相关专家在一地将每部书稿从头至尾审改。这样的集中审稿会一般都在8—15天，7年中开了12次审改会。审改后，三位主编再集中在一起逐一审定，交付出版社。这一工作程序，使得这套丛书的译注质量有了一定的提高。所以，这套丛书，在一定程度上是个人与多人合作的结果。关于这套丛书的编纂始末，我们曾在1992年4月全书交稿后写有一篇文章，这次附在修订版书末，便于读者了解。

这次修订，是交由原译注者自己修改。少数译注者已去世，则书稿一仍其旧。个别译注者已联系不上，也保持原貌。

1992 年—1994 年出版时，书前有当时古委会主任周林先生写的序。周林先生是这一丛书的发起者。他已于 1997 年 6 月去世，至今已 14 年了。为了尊重历史，也为了纪念他，修订版仍用他的序。

我们三人在 1985 年—1992 年主持这套丛书工作时，年龄大的是从 51 岁到 58 岁之间，年龄小的是从 44 岁到 51 岁之间，那时尚有精力组织、参与这一工作，今天我们都已年逾古稀。全书修订版出版之际，心情似乎比当年更惴惴不安地期待着读者的评头品足，期待着不要对读者贻误太多。

回想这套丛书，真应该感谢我们的祖先为我们留下了这样深厚、丰富的思想、文化遗产，使我们今天仍然受用无穷。应该感谢这套丛书的全体译注者、审阅者、编委和当年的出版者巴蜀书社、今天的出版者凤凰出版社，是他们的学识、辛勤与真诚使得这套丛书得以面世。

章培恒　马樟根　安平秋

2011 年 3 月 15 日

序

《古代文史名著选译丛书》与广大读者见面了。这是丛书编委会的同志与众多专家学者通力协作、辛勤耕耘的结果。

中华民族在五千年漫长的岁月里，创造了光辉灿烂的文化，给人类留下了丰富的精神财富。“观今宜鉴古，无古不成今”。今天，以马克思主义的科学理论为指导，整理研究我国古代文化典籍，做到汲取精华，剔除糟粕，古为今用，推陈出新，使人们在正确认识民族历史的同时，得到爱国主义的教育，陶冶道德情操，提高全民族的文化素质，促进社会主义文化的繁荣，使文明古国的历史遗产得以发扬光大，这是我们每个炎黄子孙的责任。而要做到这样，对古籍进行整理与研究是重要的基础工程。但是，整理与研究古籍仅作标点、校勘、注释、辑佚还不够，还要有今译，使老年人、中年人、青年人都愿意去读，都能读懂，以便从中得到教益。

基于以上认识，全国高等院校古籍整理研究工作委员会于1986年5月组成了以章培恒、安平秋、马樟根三位同志为主编的《古代文史名著选译丛书》编委会，确定了以全国十八所大学的古籍整理研究所为主力承担这一看似轻易、实则艰巨的今译任务。在第一次编委会议上，拟定了《凡例》、《编写与审稿要求》、《文稿书写格式》和一百余种书目。以每一种书为十万至十五万字计算，这套丛书大约有一千余万字，应该说是一项大工程。经过一年的努力，完成了第一批三十六部书稿的译注任务。在各研究所的专家与所长把关的基础上，于1987年5月和7月，先后在复旦大学、北京大学召开了部分编委参加的审稿会，通过了二十五部书稿，作为《古代文史名著选译丛书》与广大读者见面的第一批作品。与此同时，在1987年7月6日，邀请了在京的十几位专家教授与编委会十几位编委一起座谈这套丛书与古籍今译的问题。专家们肯定了今译工作的必要性与深远意义，并以他们数十年的教学科研和创作的经验，说明今译是一项难度很大的工作，是培养人才，使之打下坚实基本功的一种有效方法；专家们还对《古代文史名著选译丛书》提出了宝贵的建议，这对当时的审稿工作和保证《丛书》的质量起了很好的作用。

实践证明，古籍的今注不易，今译更难。没有对作品的深入、透彻的研究，没有准确、通俗、生动的语言表达能力，要想做好今译是不可能的。两年多来，全国高等院校古籍整理研究工作委员会在探索古籍的今注、今译的道路上，做了一些工作。这部丛书的出版，是系统今译的开始，说明古籍整理研究工作有了新的进展。更可喜的是，一批中青年学者参加了今注今译工作，为古籍整理增添了新生力量，相信他们会在实践中，在学习中，成长成熟。我希望，这套丛书的编委会和高校各古籍整理研究所要敞开大门，加强同国内外专家学者的联系，征求他们和广大读者的意见，并向有真才实学而又适宜做今译工作的专家学者约稿，以提高古籍译注的水平，使《古代文史名著选译丛书》的第二批、第三批作品的质量更上一层楼。

这是一套以文史为主的大型的古籍名著今译丛书。考虑到普及的需要，考虑到读者对象，就每一种名著而言，除个别是全译外，绝大多数是选译，即对从该名著中精选出来的部分予以译注，译文力求准确、通畅，为广大读者打通文字关，以求能读懂报纸的人都能读懂它。我希望这套丛书能成为中小学教师的语文、历史教学的参考书，成为大专院校学生的课外读物，成为广大文史爱好者的良师益友。由于系统的古籍今译工作还刚刚起步，这套丛书定会有不少缺点、错误，也诚恳地希望读者批评指正。

巴蜀书社要我为这套丛书写序，我欣然接受了。我相信这套丛书不仅会使八十年代的人们受益，还将使子孙后代受益，它将对祖国的繁荣昌盛起到点滴的作用。最后借此机会向曾给予我们支持、帮助的专家学者和巴蜀书社的同志表示衷心的感谢！并殷切地希望台湾同胞、港澳同胞、海外侨胞和我们一同做好祖先留给我们的文化遗产的整理工作，为中华民族灿烂的文化再放异彩而努力！

周　林

1987年10月于北京

目　录

前　言

词体文学发展得最为充分的时代是宋代。但是，如果说词至两宋，形成了蕴涵深厚、变幻万端的海的器宇，既有温柔多情的一面，又有汹涌壮阔的另一面，那么唐五代词则好似一条曲折婉转、风轻浪细的小河，单纯、清秀、沉郁、缠绵构成了它的主要气质，纤纤盈盈之中，别具一种动人的姿色。

一、词的源起

词，在唐代通称“曲子词”，此外又有“倚声”、“乐章”、“乐府”、“长短句”等别名。从这些名称，我们便可以看到词的两个基本特征：一是与音乐关系密切，一是句式长短不齐。

词是一种音乐文学，是为配合乐曲而创作的歌词，先有乐曲，然后倚声填词。词所依附的乐曲主要是隋唐以来逐渐兴盛的燕乐。燕乐，即宴乐，与用于郊庙、祭祀的庄严古朴的雅乐相对，奏于宫廷宴饮之时，又在民间广泛流行，曲调轻松优美，变化多姿。

南北朝以后，胡乐涌进中原，与中原音乐互相交融。隋朝统一后，隋文帝于雅乐之外制定七部乐；大业年间，隋炀帝定九部乐；唐初沿设九部乐，太宗时立十部乐，其名为：燕乐①、清商②、西凉③、天竺④、高丽⑤、龟兹⑥、安国⑦、疏勒⑧、高昌⑨、康国⑩，总称为“燕乐”。其中仅清商乐为中原固有之音乐，

① 燕乐：指宴饮开始之序曲。 ② 清商：即清乐，指汉魏六朝传下的中原音乐。 ③ 西凉：古西域国名，今甘肃凉州。 ④ 天竺（zhú 竹）：印度的古称。 ⑤ 高丽：朝鲜的古称。 ⑥ 龟兹（qiū cí 秋辞）：古西域国名，今新疆库车一带。 ⑦ 安国：古西域国名，原苏联乌兹别克布哈拉一带。 ⑧ 疏勒：古西域国名，今新疆疏勒及英吉沙二城。 ⑨ 高昌：古郡名，今新疆吐鲁番一带。 ⑩ 康国：古西域国名，原苏联撒马尔罕北部。自“西凉”以下诸注均以地名代指出于当地的乐曲。

其余多为胡乐，而西凉乐、龟兹乐、康国乐、安国乐、疏勒乐等都传自西域。可见，燕乐是汇集隋唐各民族的特色音乐而成的一种新型音乐。正是这种新乐，促成了新型文学体裁——词的诞生。

唐代燕乐歌曲所唱的歌词并不都是后来所谓“词”。因为当时艺人演唱歌曲，采用的歌词并不固定，往往选择当时诗人之名作入乐歌唱，有不少是截取其中一节，即“截句”、“绝句”。这类歌曲其实是唱诗，当时统称“歌诗”。它们并非诗人为歌曲专门填写歌词，也不是艺人专为歌词谱写歌曲，而只是用一种适当的曲调演唱了一首或一节著名的诗。这种歌诗风气的盛行，对于诗人们专为歌曲创作歌词产生了促进作用，因乐以造文、倚声而填词渐成趋势。

倚声填词，是指依照乐曲的调子与节拍制出相应的歌词。现有乐曲与现成诗歌显然不可能完全和谐，近体律绝五七言整齐的句式与具体曲调的节拍旋律配合时，需要进行调节。一般情况下，是变动诗句以适应歌曲，以达到声与调的谐和。宋代通晓音律的沈括曾经指出：“诗之外又有和声，则所谓曲也。古乐府皆有声有词，连属书之，如曰‘贺贺贺’、‘何何何’之类，皆和声也。今管弦之中缠声，亦其遗法也。唐人乃以词填入曲中，不复用和声。”①宋人朱熹则说：“古乐府只是诗，中间却添许多泛声，后来人怕失了那泛声，逐一添个实字，遂成长短句，今曲子便是。”②这样，就逐渐地形成了一个与曲调相对稳定的句式参差的词牌，倚声填词的词体诗歌创作便出现了。

至于词体形成的年代，历来也多争执。宋代黄昇选编《唐宋诸贤绝妙词选》时曾录七首词作，指为李白所写，并推其中《菩萨蛮》、《忆秦娥》为“百代词曲之祖”。据此，可以说明盛唐已有了高水平的词作。而敦煌曲子词发现后，现代学者曾考证出部分词作成于初唐。大概地看，词的曲调既是由燕乐曲调而来的，那么，恐怕只有燕乐盛行之后才会构成词体出现的条件，所以将词体的形成限定在入唐之后应当是比较合理的。

二、多姿多彩的敦煌曲子词

1900年的一天，一位栖身敦煌石窟的道士发现

① 《梦溪笔谈》卷五。 ② 《朱子语类》卷一四〇。

了大量遗书卷子，这便是日后在世界各地研究中国文史的领域引起了极大反响和关注的敦煌文书。这批珍贵的文献中有为数可观的民间词曲卷子，包括收词32首的《云谣集杂曲子》。据考，这一词集最后抄定不会晚于十世纪初年，是目前发现我国最早的词集。已整理出的敦煌词的本子主要有：王重民《敦煌曲子词集》，收词162首；任二北《敦煌曲校录》，除词外又收其它入乐歌辞，共计545首；饶宗颐《敦煌曲》，收词曲318首。敦煌曲子词的创作年代大致在唐武则天末期（700年前后）到五代后晋出帝末年（946年）之间①，以晚唐五代作品为多，除少数为抄录温庭筠、欧阳炯等人的作品外，大都是不署名的民间词章。

敦煌曲子词题材相当广泛。从作品主题看，主要有下述几类：

（一）征戍主题。唐初战争频繁，到开元十三年（725）以前，一直沿袭府兵制，应征入伍的府兵须自带装备及干粮，农民家庭负担沉重。于是，民间词中涌现了一批征戍主题的作品。这些词章往往流

① 参见任二北《敦煌曲初探》。

露了征夫对建功立业的渴求和思妇对幸福生活的向往。男主人公常常是跨马塞上，雄心勃勃，每用幻想中的未来慰藉现实的苦痛；女主人公则多半是捣练缝衣，满怀凄楚，总以漫漫岁月煎熬着沉重的相思。例如《生查子》：

三尺龙泉剑，匣里无人见。一张落雁弓，百只金花箭。　　为国竭忠贞，苦处曾征战。先望立功勋，后见君王面。

以简练之笔写出了激情饱满、壮怀激烈的军人的神态。又如本书选译的《凤归云》"征夫数载"，则表现了思妇的境遇和心理。

（二）边塞少数民族主题。反映了西北边陲少数民族要求摆脱当时蕃部的控制与侵扰，归附唐朝政权的心愿。例如下面这首《菩萨蛮》：

敦煌古往出神将，感得诸蕃遥钦仰。效节望龙庭，麟台早有名。　　只恨隔蕃部，情恳难申吐。早晚灭狼蕃，一齐拜圣颜。

表达了少数民族对于战乱与分裂局面的痛恨和对象征和平安宁、统一昌盛的中原王朝的向往。这类题材,是敦煌词中独特的一种内容。

(三)士人心态主题。隋唐建立的科举制度为广大儒生士人开辟了一条可望由之改变社会地位的道路。“朝为田舍郎,暮登天子堂”的美梦总使无数清贫士人激动不已,埋头苦读。但榜上题名者毕竟是少数,科举制的种种弊端更造成了不少知识人无限失意、漂泊退隐的现实。敦煌词《菩萨蛮》就写出了一位求宦无门的士人的遭遇:

数年学剑攻书苦,也曾凿壁偷光露。堑雪聚飞萤,多年事不成。　　每恨无谋识,路远关山隔。权隐在江河,龙门终一过。

命途多忤,每每失望,却又不肯罢手,痴心等待运气转换的时机。“淼淼三江水,半是儒生泪”①,多数士人是无法逃脱贫苦、流落的命运的。

(四)歌伎生活主题。唐代城市经济繁荣,处处

① 敦煌词《菩萨蛮》“自从宇宙”。

歌楼舞榭，产生了大批以歌舞娱人为业的歌伎。她们为生活所迫，处于受污辱与迫害的地位。本书所选《望江南》二首就是歌伎们悲凉境遇的写照。凄厉的呼救，痛楚的呻吟，满含着命运操纵于他人手中的青楼女子们的绝望之情。

（五）爱情主题。敦煌曲子词中份量较大的还是爱情题材的作品，往往写得生动活泼、纯朴直率，充溢着民间乡土之气，轻松而又缠绵，多情却不做作，对后来的文人词显然有深刻的影响。这类作品本文选得较多，不再细举。

敦煌曲子词是目前所见最早的民间词，在体式方面词体尚未成熟，艺术手法比较粗放，有的显得稚拙，但是其中的优秀作品则富有民间特有的清新明朗的风格。

三、尝试阶段的文人词

最早由文人专门创作的词章是传为李白所作的《菩萨蛮》“平林漠漠”和《忆秦娥》“箫声咽”。它们结篇创意，炼句遣辞，精妙老练，潇洒自如，思维活跃，风格浪漫，堪称词之上品。

中唐以后，填词之风已开始在诗人中流布。张志和的《渔歌子》五首写出了隐逸水滨、捕鱼为业的清闲散淡，是早期文人词中的优秀作品，尤以其中"西塞山前"一首最为脍炙人口。戴叔伦、韦应物、王建等人的《调笑令》，记离愁、写宫怨、感春景、发秋悲，描画憔悴玉容、摹写塞上奇观，内容多样，展现了轻盈爽朗的风貌。例如韦应物的《调笑》"胡马，胡马"，以婉转圆润之笔画景写意，语短情长，令人回味不尽。刘禹锡的《潇湘神》则是受到《湘神曲》一类潇湘民歌的启发写成的，"斑竹枝"一首，古朴自然，既有民间风味，又多文人雅情。白居易的三首《忆江南》，更是清隽秀逸的绝妙好词，以娓娓动人的笔调写南国清秀之风景，思如泉涌，感情丰沛，曲尽其妙，一唱三叹。

总观中唐词的创作，词这种文学体裁已赢得了许多文人的青睐，进入了一个新阶段。短章小曲异彩纷呈，佳作名篇时时涌现，内容涵量丰富，格调清新可喜。不过，在这一时期，词作无论是在数量上还是质量上都还不足与诗抗衡，大力从事词体创作的人物还没有出现。然而，中唐文人的创作成果，已经预告了一个词的时代的来临。

四、精致婉约的“花间”词

唐末进入五代，军阀割据，政局纷纭，社会动荡不安，但在偏安一隅的西蜀和南唐，短暂的安宁和奢华为高层的文人们提供了花间樽前、歌吹不断的环境。于是，词这种新兴的、倚声而作的文学体裁便在这批文人的手中渐趋成熟，几乎独占了晚唐以后曾经寂寞的文坛。

在我国文学史上，第一位以诗人而兼词人并以填词闻名的作家是晚唐的温庭筠。随着这颗词坛之星的升起，晚唐五代出现了第一批大力填词的作家。近似的生活经历与文学情趣以及同一种社会风气的浸染，使这些文人在词章创作上大都呈现出了清丽婉约、妩媚缠绵的情调。公元940年，后蜀赵崇祚汇编十八家五百首词编成《花间集》，这十八家词人是：温庭筠、皇甫松、韦庄、薛昭蕴、牛峤、张泌、毛文锡、牛希济、欧阳炯、和凝、顾夐、孙光宪、魏承班、鹿虔扆、阎选、尹鹗、毛熙震、李珣。这些作家多出于西蜀或曾宦游此地，故被称为西蜀词人。伴随着《花间集》的流传，“花间”词派的概念也就自然而然地形成了。

宋代大诗人陆游曾发过这样的慨叹："《花间集》，皆唐五代时人作。方斯时，天下岌岌，生民救死不暇，士大夫乃流宕至此。可叹也哉！或者出于无聊故耶？"①这批评显然是有感于"花间"词题材单调柔弱，缺乏社会现实意义而发的。确实，《花间集》中词多以闺中女子为中心，主要聚集于伤春悲秋、爱意缠绵的恋情主题，较少反映社会现实。但是，词这种文体，本与歌楼酒宴有着不解之缘，多为少女和乐演唱而作，因而在其发展过程中，形成了偏于抒情的特质。诚如王国维所说："词之为体，要眇宜修，能言诗之所不能言，而不能尽言诗之所能言。诗之境阔，词之言长。"②同一位作家的诗与词可能会呈现出完全不同的情调。"花间"词人韦庄也是一位著名诗家，曾创作过《悯耕者》、《辛丑年》、《女仆阿汪》等极富现实意义的诗歌③，但他的词却是婉约缠绵的。可见"花间"词的题材偏于狭窄，情调偏于纤弱，主要反映了西蜀词人对词的艺术认识和当时词的创作环境。"花间"词中还有一些其它

---

①《花间集跋》。②《人间词话》删稿。③ 韦庄《浣花集》。

题材的作品，但是其主要基调则是婉约缠绵的，在艺术上有独特的贡献。

“花间”词派的代表作家是温庭筠和韦庄。

温庭筠，“能逐弦吹之音，为侧艳之词”①，讲究音乐声律，词章极一时传唱之盛。他的笔下满是华美寂寞的闺阁情景和婉丽幽隐的女性闲愁，细腻精致，意象密集，色彩浓烈，文字含蓄。

温庭筠词的意象迭出，似断而联，全篇词句如同抛洒而出的一粒粒五色斑斓的珠子，有待于读者细致灵敏地感悟，自行捡拾、赏鉴。例如本书选入的《菩萨蛮》“水精帘里”，词中句句换景，连续推出了一幅幅独立的画面，意象稠密，目不暇接，而字面上又未传导出明确连贯的意蕴和内涵。有些赏析者认为这首词写一闺中女子从入梦到梦醒的情形，有人以为全篇状女子之睡态，有人以为主要是写女子的幻觉，也有人认为篇中女子不仅醒着而且正在痴痴地剪制彩胜等等。作者给予读者的只是水晶帘、玻璃枕、鸳鸯被，是烟柳、残月、人胜、玉钗，满纸都是景观物态的描写，但“一切景语皆情语”②，故本

① 《旧唐书·温庭筠传》。 ② 王国维《人间词话》删稿。

篇实际又处处飘有人之形影、人之情绪。因此，各家说法虽然推想的情状各异，但归旨却大都一致，即认为本篇表达了闺中女子的寂寞幽怀。这就是温词以谋篇布局的特殊方法造成的特殊欣赏效果，令人品味无绝的魅力所在。

温词色调浓重，于精致华美之景物着以华丽耀眼之色泽，给人深刻印象。其词几乎篇篇可见"红"、"绿"、"金"、"翠"等色彩浓丽的词汇，但运用得灵活自如，恰到好处，并不艳俗，有的点染出生动明媚的画面，有的调和出暗淡凝重的色泽。前者可以《菩萨蛮》"翠翘金缕"为代表，后者则以《更漏子》"柳丝长"最为突出。以红、绿、金、翠用于景物服饰的描绘，更多地是使温词本身呈现出了一种华贵的神采，成为衬托悲哀的底色。如《菩萨蛮》"小山重叠"，渲染人的艳丽，物的华美，为的是表现心意的暗淡与孤凉。于矛盾和反差中暗寓情怀，所谓"以哀景写乐，一倍增其哀乐"①。

温词的语言具有含蓄、幽隐的风格，很少有人物独白及直率的抒情，而是多以暗示性、象征性的

① 王夫之《姜斋诗话》。

语言委婉地表述心曲。例如《菩萨蛮》“宝函钿雀”，近乎句句暗示。全词意蕴深厚，语意隐晦，不细细追寻体味，无法探得其中纡曲婉转、愁哀欲绝的“词心”。

温词含蓄的语言风格在其传世的十四首《菩萨蛮》和六首《更漏子》等代表作中表现得极为充分，对“花间”派作者及后代婉约词家有深远影响。

“花间”派的另一位代表作家是韦庄。前人谈词，往往温韦并论：“飞卿①，严妆也；端己②，淡妆也。”③“词至端己，语渐疏，情意却深厚，虽不及飞卿之沈郁，亦古今绝构也。”④然而韦庄词正好与温词形成相反相成之势，行文流利疏朗，连贯而富于叙述性；笔调淡中见浓，清爽而不失单调；语言则平白秀逸、辞显意幽，充满表现力。韦词往往直抒亲身经历和内心感受，例如《女冠子》“四月十七”为女子对与情郎分离场面的追忆，倾诉了别后经年的苦苦相思；而《女冠子》“昨夜夜半”则写男子梦见心上人的生动情景，流露了他的无限痴情与眷恋。这两首

① 飞卿：温庭筠的字。② 端己：韦庄的字。③ 全句见清·周济《介存斋论词杂著》。④ 清·陈廷焯《词则》卷一。

小词，意象清疏，脉络贯连，如语情话，娓娓昵昵，令人慨叹与同情。而文字则如行云流水，亲切自然，可谓“似直而纡，似达而郁，最为词中胜境”①。

五、淳厚深情的南唐词

五代时与西蜀“花间”遥相辉映的是出现在长江中下游的南唐词坛。表面上看，“花间”以浩大的词人合唱声传百代，而南唐则只有一臣二君的词作流传世间，但实际上，冯延巳、李璟、李煜在文学史上专以词名，用力极深，词体在他们的手中得到了更完备的发展，显示了更深厚浓重的情味。

冯延巳是南唐中主李璟的重臣，年长李璟十余岁，是南唐词派的先行之人。对于他的道德品行，历来多有褒贬，但其高敏的文学感悟力和精湛的艺术创作才能却得到了各代词论家的赞赏。王国维认为，“冯正中词虽不失五代风格，而堂庑特大，开

① 清·陈廷焯《白雨斋词话》。

北宋一代风气。”①点出了冯延巳在词史中的地位。

冯词风格文雅、纯正、深情、沉浑，《鹊踏枝》十四首便是典型的代表。例如本书所选的“谁道闲情抛掷久”一首，抒写了爱情的苦恼，别离的悲愁，但不涉具体情事，而着力表现“闲情”带来的年年有的“新愁”，突出这种感情的若干典型特征，仿佛朦胧，却又令人感受真切。春天是一年中最为美妙的季节，但春色的温柔与明媚却往往会引起人们心灵中种种强烈的波动；薄暮黄昏，幽暗迷蒙，更是一天中最能触发闲愁隐忧的时刻。春日留连花丛，借酒消遣之际；黄昏登楼望远，迷惑恍惚之时，怎能不万绪纷来，难以自持？冯延巳相当准确地捕捉到了这种情感效应，并以细腻、冷静的笔触，概括地表现了出来。既有对愁意的无奈之情，也有对烦忧根源的探究之心，同时又流露了欲将此种苦涩心境品味彻底的愿望，显示了其词笔的锋利与深沉。

能将愁心窥透的理智并不妨碍词人真情的挥洒，有时还能使意更深沉，情更挚切。冯延巳的词作便达到了这一境界。王国维在对比温韦冯三家

① 《人间词话》。正中：冯延巳的字。

词时曾有如下议论："'画屏金鹧鸪'[1]，飞卿语也，其词品似之；'弦上黄莺语'[2]，端已语也，其词品亦似之；若正中词品，欲于其词中求之，则'和泪试严妆'[3]殆近之欤？！"[4]这就是冯延巳词，深厚凝重，一往情深；落寞怅恍，悲意独绝。

南唐中主李璟，是一位天分极高的词人。他传世的词章虽只有《应天长》、《望远行》、《浣溪沙》（二首）等四篇，却也充分反映了他非同凡响的才思与悟性。

在唐五代词人中，格调最高、最令人瞩目的还是南唐后主李煜。他是一个亡国之君，却又是一位成功的词人。他的生活从最热闹、最繁华、最舒适向最冷落、最无聊、最凄苦转变，为他多愁善感的性情提供了催化剂，也构成了他词章的主旋律。他的作品主要包含反映热闹繁华的宫廷气象和倾诉冷落凄苦的禁闭生涯等两种不同内容。前一种题材中最典型的是《玉楼春》："……笙箫吹断水云开，重按霓裳歌遍彻。……归时休放烛花红，待踏马蹄清

① 温庭筠《更漏子》"柳丝长"。 ② 韦庄《菩萨蛮》"红楼别夜"。 ③ 冯延巳《菩萨蛮》"娇鬟堆枕"。 ④ 全句见《人间词话》。

夜月。”宫廷豪奢富丽，无愁无忧，李煜在锦簇花团、曼舞醉唱的生活中悠闲地品味着，这典型的词人心性，透露了他作为君主的平庸无为以及他日后失却南唐江山的必然。《破阵子》“四十年来”则反映了李煜从皇帝到囚徒之转变的最初感触：“一旦归为臣虏，沈腰潘鬓消磨。最是仓皇辞庙日，教坊犹奏别离歌，垂泪对宫娥。”“消磨”之容颜，“仓皇”之神态，“垂泪”之惨景，零乱不整的帝王衣冠中仍是一个正经历着苦辣辛酸的词人。至于作于后期的著名词章《虞美人》所表白的情怀：“小楼昨夜又东风，故国不堪回首月明中”，“问君能有几多愁，恰似一江春水向东流”，则更深切地写出了体验着幽禁生活的词人那无可遏制的怀旧之心与故国之情，显现出了一个落寞荒寂的灵魂。以上三首词反映了李煜在一生三个重要时期的感受。不难发现，其情感与认识具有内在的一贯性，他的心真切地映入了外部社会的种种变迁，而他的笔更忠实地表达了与现实相应的心灵痛苦的遭遇。在现实经历中，李煜是一个君主，而在情感经历中却是一个词人。君主营造的华丽宫阙早已灰飞烟灭，词人填写的真情之作却得以百世流芳。

李煜词纯真而厚重，语浅而味长。词到了李煜手中，“眼界始大，感慨遂深”①，结构完整，气韵连贯。清代周颐指出“真字是词骨”②。王国维认为：“客观之诗人，不可不多阅世，阅世愈深，则材料愈丰富、愈变化，《水浒传》、《红楼梦》之作者是也；主观之诗人，不必多阅世，阅世愈浅，则性情愈真，李后主是也。”③这位“不失其赤子之心”④的作家以本性写词，不矫饰、不做作，充分表现了他挚切的纯真。而外部世界的强烈震撼更使这一份纯真经受了种种煎熬与淬炼，成为一种格外沉浑厚重的感情。正是这种感情贯彻于李煜词作，化为篇中神气，将全文紧紧地凝住，造就了完善的结构。例如他的《浪淘沙》“帘外雨潺潺”，词中作者的自我形象只是梦醒和凭栏时刻的两个特写，意象虽疏却疏而不散，处处表露着阶下囚徒的无限感触和对旧日岁月、故国山河的不尽怀想。真挚凝重的自白使字字句句归向同一个明确的意旨，令人触目即可会心。以情任文，以情凝篇，这就是李煜词结构之美的原因所在。

①③④《人间词话》。 ②《蕙风诗话》。

李煜的文学素养很高，运用语言几臻化境。行文浅易清淡，情调却沉着高雅，意蕴更是丰厚悠长。例如《乌夜啼》“无言独上西楼”，抒写亡国之思，语言平白，如月光轻洒，江水流泻，荡起无尽的感情的涟漪。周济曾指出：“李后主词，如生马驹，不受控捉。毛嫱、西施，天下美妇人也，严妆佳，淡妆亦佳，粗服乱头，不掩国色。飞卿，严妆也；端己，淡妆也；后主，则粗服乱头矣。”①虽以“粗服乱头”形容李煜词未必恰当，但却触及了其词的语言特色：最近天然，最现本色，字字达情，句句传心，将作者丰满诚挚、敏感多思的内心世界表露无遗。其魅力令读者无法抗拒。

综上所述，可以看出，从唐朝到五代，词体由萌生而成熟，形成了短章曲词的繁荣，出现了温韦冯李群星灿烂的局面，并初步确立了词在文学世界“别是一家”②的地位。在唐五代词中，有敦煌民间词的自由爽朗，也有南唐后主词的凄怆悲凉，而更主要的情调则是细腻、缠绵、清丽、哀婉，读之虽不

① 《介存斋论词杂著》。 ② 宋·李清照《词论》。

能全面观览当时社会现实的场景，却可以觉察人类内在幽隐情感的波动。唐五代词以深情优美的语句，小巧精致的篇章赢得了人们的关注和怜爱，正所谓“五代小词，虽好却小，虽小却好”①。它始终以特殊的风格在文学史上占有着特殊的地位。

① 清·刘熙载《艺概》。

敦　煌　词

凤　归　云

这首词倾诉了思妇对征夫炽烈的怀想之情，饱含孤凉与愁苦、无聊与旷怨、期盼与祝福。动作、神态与心境的描摹栩栩如生。自然纯朴，感人备至。

征夫数载①，萍寄他邦，去便无消息，累换星霜②。

① 征夫：指服役从军的人。 ② 累：屡次。星霜：指岁月。

月下愁听砧杵①，塞雁南行②。孤眠鸾帐里③，枉劳梦魂④，夜夜飞扬。　　想君薄行，更不思量。谁为传书与，表妾衷肠⑤。倚牖无言垂血泪⑥，暗祝三光⑦。万般无那处⑧，一炉香尽，又更添香。

【翻译】

出征的人儿一走好几年，
像浮萍一样寄身他乡异地，
去了就再没了音信，
年复一年任那星霜更易。
站在月下满怀忧愁听那捣衣的声音，
见北方的雁儿又向南飞去。
独自睡在绣着鸾凤的帐里，
白白地劳累我的梦魂，
一夜夜飘飞寻觅。
想你行为轻薄，
更不会将我惦记。
谁能为我捎信给你啊，

---

① 砧(zhēn 真)：捣衣石。杵(chǔ 楚)：指捣衣用的棒槌。② 塞雁：北方边塞的大雁。 ③ 鸾帐：绣有鸾鸟的帐子。 ④ 枉：白白地。 ⑤ 妾：女子自称。 ⑥ 牖(yǒu 有)：窗户。 ⑦ 祝：祈求，祷告。三光：指日、月、星。 ⑧ 无那：无奈。

说一说我满腹的愁绪。
倚着窗儿默默无语，
空自流着凝血的泪一滴滴，
对着那日月星辰暗暗祈求。
在这万般无奈的时候，
一炉香儿烧尽，
又把新香添续。

天　仙　子

这首词写的是一个美丽的歌舞伎在暮春时节的感受。上片写其外表的华美，下片状其内心的悲哀。婀娜的身姿与擦拭不尽的泪珠、掩饰不了的忧愁，相互映衬，达成一种对比中的和谐。

燕语莺啼三月半，烟蘸柳条金线乱①。五陵原上有仙娥②，携歌扇。香烂漫，留住九华云一片③。

---

① 蘸(zhàn 占)：浸。 ② 五陵：本指汉代五位皇帝的陵墓，在今陕西咸阳，渭水岸边。由于每立皇陵常迁豪族外戚居于附近，故后人常以五陵代指豪贵聚居之地。仙娥：形容美丽的歌姬舞女。 ③ 九华：九华香炉，闺房薰香用的华贵香炉。云一片：双关语，明指香烟弥漫，暗喻云雨欢会。

犀玉满头花满面①，负妾一双偷泪眼②。泪珠若得似珍珠，拈不散③。知何限，串向红丝应百万。

【翻译】

燕儿轻语莺鸣婉啭
　正是三月过半，
烟雾浸着柳枝
　就像纷披舞动的金线。
五陵原上有一位美丽的女郎，
手拿一支歌舞用的团扇。
香气浓郁飘飘散，
九华炉上
　留住烟云一片。
空有那犀角玉石的头饰
　花一般的容颜，
辜负我一双暗自流泪的娇眼。
倘若泪珠能像珍珠串一样，
拈也拈不散。
可知这泪珠有多少啊，

① 犀玉：指犀角、玉石制成的发簪发饰。 ② 负：辜负。③ 拈：摘取，指断线取珍珠。

红丝穿起来

该有上百万。

破 阵 子

这首词抒写思妇想念征夫的情怀。从依依送别、登楼远望、书信寄情、辗转难眠，写到殷殷期盼。按感情发展的线索重重递进，有层次，有情致，将闺中少妇那愁思和着幽怨，自怜又兼自慰的种种心理刻画得十分逼真。

风送征轩迢递①，参差千里余②。月断妆楼相忆苦③，鱼雁百水鳞积疏④。和愁封去书。　春色可堪孤枕，心焦梦断更初⑤。早晚三边无事了⑥，香被重眠比目鱼⑦。双眉应自舒。

---

① 征轩：远征的车马。迢递：遥远的样子。 ② 参差：高低不平。 ③ 妆楼：指女子的闺楼。 ④ 鱼雁：指书信。古代有鱼形书函与大雁传书之说。这里偏指传书之鱼。鳞积：即“鳞迹”，即指书信。疏：少。 ⑤ 更初：刚开始打更之时。 ⑥ 三边：汉代称幽州、并州、凉州为三边。这里泛指边疆。 ⑦ 比目鱼：又称鲽。古人以为这种鱼总是双双游止，从不独处，所以用它来比喻形影相随的夫妻。

【翻译】

风把出征的车马
　送得那么遥远，
坎坷不平上千里地。
闺楼上望断双眼，
　苦苦暗相忆。
送信的鱼儿要经历多少流水
　夫君的音讯稀疏难觅。
和着愁怨
　把给你的信儿封起。

春色撩人
　怎忍受得了独眠的痛苦，
内心焦躁
　到了一更美梦还做不成。
盼望有那么一天
　边疆重归宁静，
夫婿归来啊
　锦香被里重做那比目鱼。
紧锁的双眉
　也该轻展舒平。

倾　杯　乐

这首词以思妇自叙的口吻，追述了一个女子在婚姻爱情上的遭遇。上片写她少女时代在深闺之中单纯美好的生活，天真闲适，顾影自怜。下片写她奉父母之命，信媒妁之言，嫁给了一个没有爱情、只图名利的丈夫，从此孤单冷清，不被珍惜。它真实地反映了封建时代妇女的命运，表现了她们对真正爱情生活的向往。

忆昔笄年①，未省离合②，生长深闺院。闲凭着绣床，时拈金针③，拟貌舞凤飞鸾④，对妆台重整娇姿面。知身皃算料⑤，岂教人见。又被良媒⑥，苦出言词相诱谇⑦。　　每道说水际鸳鸯，惟指梁间双燕。彼父母将儿匹配，便认多生宿姻眷⑧。一旦娉得狂夫⑨，攻书业抛

---

① 笄(jī 机)年：女子十五岁成年，称及笄。② 省(xǐng 醒)：懂得。③ 金针：绣花针。④ 拟貌：描摹。鸾：凤一类的鸟。⑤ 身皃(mào 貌)：容貌。算料：估价。⑥ 良媒：指能说会道的媒人。⑦ 诱谇(juǎn 卷)：诱骗。⑧ 多生：几生几世。宿姻眷：指前世注定的好姻缘。⑨ 娉：通“聘”，订婚。狂夫：古时妇女对丈夫的称呼。

妻求名宦[①]。纵然选得[②]，一时朝要[③]，荣华争稳便[④]？

【翻译】

回想当年我刚满十五，
还不懂人生的离合悲欢，
生长在深闺内院。
闲来只是倚靠着绣床，
时时拿起绣花针，
绣出飞舞的凤鸟和青鸾。
对着梳妆镜台
　再三修饰姣好的容颜。
我知道自己体态容貌的价值，
怎能轻易让他人看见。
偏偏又碰上巧嘴的媒人，
挖空心思用甜言蜜语把我诓骗。

总是说水上并游的鸳鸯，
又指点梁间双栖的飞燕。
他们父母作主把儿女匹配，

① 名宦：功名。 ② 选：被授予官职。 ③ 朝要：朝廷里有权势的人。 ④ 争：通“怎”。稳便：靠得住。

都认准是前世注定的好姻缘。
一旦出嫁跟了我的丈夫，
他却只会读书求功名
　把我抛弃在一边。
即使科举高中，
一时间官位显要，
那荣华富贵又怎能稳固不变？

菩萨蛮

这首词是一个女子叙述当初与情人立下的始终不渝的盟誓，以一系列极端夸张的比喻表现了对专一爱情的强烈向往，同时也透露了她可能被离弃的现实。全篇情绪激烈，语言朴素，形象鲜明，格调刚健，具有浓郁的民间创作气息。

枕前发尽千般愿：要休且待青山烂①，水面上秤锤浮，直待黄河彻底枯。　　白日参辰观②，北斗回南面③。休即未能休④，且待三更见日头⑤。

---

① 休：停止，指不想情人。 ② 参(shēn 申)辰：二星名，此出彼入，不会并出。 ③ 回：运转。 ④ 即：则。 ⑤ 见：同“现”，出现。

【翻译】

枕前曾发尽千种誓言：
要断绝相思除非等到那青山枯烂，
水面上飘浮起沉重的秤锤，
直等到黄河枯干把底见。

白日里参星和辰星同时出现，
北斗星转而指向南边。
想断绝相思，就是不能把相思绝断，
除非是等到大日头出现在三更天。

菩 萨 蛮

这首词表现了对连年战争、烽火遍地的时世的厌倦和对太平社会的向往，同时倾诉了书生皓首穷经，却因战乱不得科试的悲伤。全篇真切诚恳，朴实无华。

自从宇宙充戈戟①，狼烟处处熏天黑②。早晚竖金

① 戈戟：两种兵器，代指战争。 ② 狼烟：古代军队报警的信号，用狼粪点燃，其烟风吹不斜。

鸡①,休磨战马蹄。　　淼淼三江水②,半是儒生泪。老尚逐经才③,问龙门何日开④。

【翻译】

自从宇宙间充满征战,
烽火遍地熏黑了蓝天。
有朝一日和平的金鸡高挂竿头,
战马的铁蹄不会再磨穿。

浩浩无边的江河水,
一半是书生的伤心泪。
到老还在追求通经之才,
探问那科举的大门何时再开。

浣　溪　沙

本篇描写了乘帆船顺水漂流的情景。全词

---

① 早晚:终有一天。金鸡:古代颁布大赦令时,设金鸡于竿上,以示吉利。② 淼淼(miǎo 秒):水势浩大的样子。三江:此泛指江河。③ 经才:通经之才。④ 龙门:科举试场的正门叫龙门。又,古代传说,鱼跃登龙门就化为龙,所以这句又有希企飞黄腾达的感慨。

生动自然，轻松活泼，既有景物的意趣，又有人物的心情，表现出了对自然界深切的好奇和欣赏。

五量竿头风欲平①，张帆举棹觉船轻②。柔艣不施停却棹③，是船行。　满眼风波多陕汋④，看山恰似走来迎。子细看山山不动⑤，是船行。

【翻译】

竿顶的测风仪显示风向要顺正，
张帆挥桨只觉这船儿那么轻盈。
柔橹不用，停下船桨，
原来是船儿在顺水飘行。

满眼是荡漾的水波闪烁不定，
看那青山就好像正走来相迎。
仔细看山，它并没有移动，
原来是船儿在顺水飘行。

---

① 五量：即五两，船上用以观测风向风力的器物，据说是以五两鸡毛悬于竹竿上制成。平：正。 ② 棹（zhào 赵）：划船工具。 ③ 柔艣（lǔ 鲁）：即柔橹，船桨。施：用。 ④ 陕汋：即“闪烁”。 ⑤ 子细：即“仔细”。

临 江 仙

这首词抒发游子思乡之情。明媚的春光美景触发了对故乡强烈的思念，碌碌时世，离别愁苦，更增加了对游荡生活的厌弃和对闲适隐居情境的向往。

岸阔临江底见沙，东风吹柳向西斜。春光催绽后园花①。莺啼燕语撩乱②，争忍不思家③。　每恨经年离别苦④，等闲抛弃生涯⑤。如今时世已参差⑥。不如归去，归去也，沉醉卧烟霞⑦。

【翻译】

两岸开阔，来到江上

水清现出那江底的细沙，

东风吹拂着柳枝向西倾斜。

春光催开后园的鲜花。

---

① 绽：开放。② 撩乱：纷乱。③ 争忍：怎忍。④ 经年：整年。⑤ 等闲：轻易。⑥ 参差：这里是不同的意思。⑦ 烟霞：指山川美景。

莺儿婉啭，燕子呢喃
　把人情思扰乱，
怎能不思念那久别的家。

常怨恨整年离别苦痛，
早就想轻易抛弃这游子生涯。
如今世道已不同以往，
不如回家，
回家去吧，
醉卧在山林云霞。

望　江　南

这首词拟歌舞妓口吻，真率地抒发了对卖笑生涯的厌倦，对玩偶命运的悲哀以及对专一爱情的渴望。语言明白易懂，故不译。

莫攀我①，攀我太心偏②。我是曲江临池柳③，这人折了那人攀，恩爱一时间。

---

① 攀：拉扯。 ② 心偏：此指狠心。 ③ 曲江：即曲江池，在今陕西西安东南，唐代为游览胜地。

望　江　南

本篇写的是一个被情人遗弃的女子深夜难眠的情景。月冷风凉，心绪烦乱，字里行间充满了她对变心人的责怨。语言直率质朴，感情真切恳挚，深具感染力。明白易懂，故不译。

天上月，遥望似一团银。夜久更阑风渐紧①，为奴吹散月边云②。照见负心人。

鹊　踏　枝

这首词通过少妇与喜鹊彼此埋怨，喜剧地表现了少妇对远方征夫的热切思念。上片写少妇埋怨喜鹊谎报喜讯，抓住喜鹊，关进笼子；下片写被拘的喜鹊埋怨少妇误会了自己的好心，盼望征夫归来，证明报喜无误，从而获得释放。全篇构思巧妙，饶有情趣。

---

① 阑：晚。更阑：指夜已很深。 ② 奴：女子自称。

叵耐灵鹊多瞒语①，送喜何曾有凭据。几度飞来活捉取，锁上金笼休共语②。　比拟好心来送喜③，谁知锁我在金笼里。愿他征夫早归来，腾身却放我向青云里。

【翻译】

可恨那喜鹊胡言乱语，
送喜讯哪里有半点凭据，
几次飞来将它活活捉住，
锁在金笼里不再让它说话。

本来好心来报喜，
谁料到却把我锁在金笼里，
但愿她远征的丈夫早日回家，
好放我跳出金笼飞向蓝天去。

别仙子

本篇描写一对年轻夫妇离别时的动人情

---

① 叵(pǒ 颇)耐：可恶、可恨的意思。瞒语：谎话。 ② 共：通“供”。共语：让喜鹊叫。 ③ 比拟：本来打算。

景。无尽的泪水，紧结的愁眉，苍白的面孔，不舍的心境……无一不令人黯然神伤。而最后时刻离人拉住妻子的手，嘱托家事的一幕尤其感人。全词情真意切，细腻缠绵，语言晓畅，风格自然。

此时模样，算来似，秋天月。无一事，堪惆怅①，须圆阙②。穿窗牖③，人寂静，满面蟾光如雪④。照泪痕何似，两眉双结。　　晓楼钟动，执纤手⑤，看看别。移银烛，偎身泣⑥，声哽噎。家私事⑦，频付嘱⑧，上马临行说。长思忆，莫负少年时节。

【翻译】

此时的情景，

看来好像那秋天的明月。

没有一件事，

值得忧愁感伤，

---

① 堪：可以。 ② 圆阙：指月圆月缺，用以比喻人事的美满与欠缺。 ③ 牖（yǒu 有）：窗户。 ④ 蟾光：古时相传月中有蟾蜍，故常以蟾蜍代指月亮。 ⑤ 执：手拉着。 ⑥ 偎身：身体偎依。 ⑦ 家私事：指家务杂事。 ⑧ 付嘱：即嘱咐。

因为月亮总是有圆有缺。
月光透进窗户，
人儿这样安静，
月光满面如同白雪，
映照着泪痕是什么模样，
两道秀眉双双拧结。

晓楼报更的钟声响起，
轻捧起纤纤玉手，
眼看着就要分别。
移动那银色的灯烛，
相互依偎哭泣不止，
一声声泪语哽噎。
家务事一回回嘱咐，
上马临行还叮咛不绝：
要常常思念啊，
切莫辜负了这青春年少的时节。

李　白

菩萨蛮

这首词抒写远离在外之人的离思乡愁。如织的烟、幽幽的楼、伤心的寒山、归飞的宿鸟……场面凄凉而又优美，构成了人物愁苦心境的含蓄的背景。语言凝炼，深具表现力。

平林漠漠烟如织①，寒山一带伤心碧。暝色入高楼②，有人楼上愁。　　玉阶空伫立，宿鸟归飞急③。何

① 平林：平展的树林。漠漠：迷濛的样子。 ② 暝色：暮色。 ③ 宿鸟：归巢的鸟。

处是回程，长亭接短亭①。

【翻译】

远处舒展的树林
　烟雾濛濛，好像纺织物一般，
秋寒的山色
　宛如衣带，触目伤心的碧绿。
暮色进了高高的闺楼，
有人正在楼上独自忧愁。

玉石的台阶上
　徒然伫立盼望。
那回巢的鸟儿
　在归心催促下急急飞翔。
哪里是我返回的路程，
过了长亭接着短亭。

忆　秦　娥

这首词上片伤别，下片吊古，情调沉浑，风

---

① 长亭、短亭：古时设在大路边供行人休息的亭舍，十里一长亭，五里一短亭。

格豪放。它以一种宏观超越的视角，抓住典型的场景，抒发了横贯古今的愁怀，概括了游子思妇的忧伤，进而引向国家兴亡的悲慨，含蓄不尽，意味无穷，为千古绝唱。

箫声咽，秦娥梦断秦楼月①。秦楼月，年年柳色，灞陵伤别②。　　乐游原上清秋节③，咸阳古道音尘绝。音尘绝，西风残照④，汉家陵阙⑤。

【翻译】

箫声呜咽，
惊断了秦地女子的美梦
　那秦地闺楼正笼罩于一轮明月。
秦地闺楼的明月，
一年年依依的柳色，
总想起灞陵的凄伤离别。

---

① 秦娥：秦地女子，指长安美丽的女子。 ② 灞（bà 爸）陵：汉文帝的陵墓，在今陕西西安东。附近有灞桥，是长安有名的送别之处。 ③ 乐游原：唐时长安游览胜地，在今西安南。 ④ 西风：秋风。残照：夕阳。 ⑤ 陵阙：指陵墓。汉朝皇帝的陵墓都在咸阳一带。

乐游原上又是清秋佳节，
咸阳古道上
　游子的音信又断绝。
音信断绝，
秋风里，夕阳下，
一座座汉家王朝的陵阙。

韩　　翃

章台柳·寄柳氏

这首词是韩翃为侍妾柳氏而作。唐·孟棨《本事诗·情感》载，柳氏原是武官李某的歌伎。李某见韩翃有才而贫，因“以名色配名士”，将柳氏赠与韩翃。几年后，韩翃为淄青节度使幕府从事，将柳氏暂留京城，到任后相接。然而竟三年没有接成，韩翃便题诗寄柳，即此篇。词牌《章台柳》即据此而来。章台：汉代长安下街名，旧时用为青楼妓院场所的代称。

章台柳[1]，章台柳，往日依依今在否？纵使长条似旧垂，亦应攀折他人手。

【翻译】

章台柳啊章台柳，
当年惜别是那样情恋
　如今是否依然如旧？
即使长长的柳条
　还像从前一样垂拂，
恐怕也要被攀折
　握在他人之手。

---

① 章台柳：双关语，喻柳氏曾为歌伎，如章台下街的一株杨柳。

张 志 和

渔 歌 子

这首词抒写了放达隐者的生活情趣。在远离尘世的清山丽水之间，渔隐散淡从容，自由自在，神采飞扬。本篇语言优美平白，风格清新可喜。故不译。

西塞山前白鹭飞[①]，桃花流水鳜鱼肥[②]。青箬笠[③]，绿蓑衣，斜风细雨不须归。

---

① 西塞山：在今浙江吴兴西南。 ② 鳜（guì 桂）鱼：俗作桂鱼，肉质鲜美。 ③ 箬（ruò 若）笠：箬竹编的斗笠。

戴叔伦

调笑令

这首词以苍凉的笔调描绘出了北方边塞的风光和戍边士兵的乡愁。草野无尽，雪压群山，月照千里，胡笳悲鸣，戍卒怎能不肠断愁绝？全篇刚劲悲怆，颇具气象。

边草，边草，边草尽来兵老①。山南山北雪晴，千里万里月明。明月，明月，胡笳一声愁绝②。

---

① 来：语助词。 ② 胡笳：古代北方民族乐器，用作军号。愁绝：愁到极点。

【翻译】

边地的草啊边地的草，
边草枯黄啊士兵衰老。
山南山北啊雪停天晴，
千里万里啊月儿明明。
明明的月啊明明的月，
胡笳一声啊悲愁欲绝。

韦 应 物

调 笑 令

这首词写北方边塞风光，集中表现了高山草原放牧的情趣，构成了一幅北方胡地草野无际、马群飞奔的画图。活泼轻快之中也透露了一丝边地特有的悲凉。语言简炼，字字传神。

胡马，胡马，远放燕支山下①，跑沙跑雪独嘶②，东望西望路迷。迷路，迷路，边草无穷日暮。

---

① 燕支山：又作焉支山，汉代在匈奴境内，因出产燕支草而得名，在今甘肃山丹。 ② 嘶：马鸣。

【翻译】

胡地的马啊胡地的马，
远远放牧在燕支山下，
沙中雪中奔跑它独自长鸣，
向东向西眺望把道路迷失。
迷失了路啊迷失了路，
边地野草无穷际啊日色已暮。

调笑令

这首词抒写征人夜望星河、思念远方亲人的情景，表现了长久离别的愁绪和相聚无望的叹息。寄情茫远，感慨联翩；语短情长，耐人回味。

河汉①，河汉，晓挂秋城漫漫②。愁人起望相思，江南塞北别离。离别，离别，河汉虽同路绝。

【翻译】

银河啊银河，

---

① 河汉：银河。② 城：指征人戍守之城。

破晓挂在秋天的城头
　悠然而漫长。
满怀愁伤的人起来仰望
　相思情断肠。
江南和塞北
　遥别离天各一方。
离别啊离别，
虽然望得见同一条银河
　道路阻绝总也连不上。

王 建

调 笑 令

这是一首宫怨词，写出了一个被冷落的嫔妃的处境。玉容憔悴，情怀凄苦，病也绝望，心也绝望。全篇充满哀怜与同情。

团扇[1]，团扇，美人病来遮面[2]。玉颜憔悴三年[3]，谁

① 团扇：圆扇，又称宫扇。② 美人：指嫔妃。团扇原是用来扇风驱暑的，如今只用来遮掩病容，显出被弃境遇。③ 三年：形容多年。

复商量管弦①。弦管，弦管，春草昭阳路断②。

【翻译】

团扇啊团扇，
自从美人得了病
　只用来把面容遮掩。
如花似玉的容颜
　已憔悴了多年，
有谁还来和我商量
　唱歌跳舞，伴奏管弦。
弦管啊弦管，
春草绵绵不绝
　我通往昭阳宫的道路却已阻断。

调 笑 令

这首词抒写商人离别妻子后两心的愁苦。情景相融，缠绵凄恻。

---

① 管弦：指演奏音乐歌舞。此句是说，无缘再参加歌舞，获得皇帝幸遇。 ② 昭阳：汉文帝时宠后赵飞燕居住在昭阳宫，后多用来指皇后之宫。昭阳路断，是形容宠幸的机遇断绝。

杨柳，杨柳，日暮白沙渡口。船头江水茫茫，商人少妇断肠。肠断，肠断，鹧鸪夜飞失伴①。

【翻译】

杨柳啊杨柳，
暮色中摇曳在白沙渡口上。
船头的江水苍苍茫茫，
商人和妻子相思断肠。
肠断啊肠断，
就像夜飞的鹧鸪没了伴。

① 鹧鸪（zhè gū 浙估）：一种鸟，红顶红嘴，灰背黄腹，民间多传其叫声像“行不得也哥哥”。

刘禹锡

忆江南

这首词写的是作者回忆在江南邂逅的一位歌姬，当作于以太子宾客分司洛阳之时。暮春时分清婉柔媚的景致，蕴含着依依不舍、绵绵无绝的情意和温柔。造意自然真切，语言流丽传神。

春去也，多谢洛阳人①。弱柳从风疑举袂②，丛兰裛

---

① 谢：告别。洛阳人：作者是洛阳人，此系自指。这句显然是代春致词。 ② 举袂（mèi 妹）：举起衣袖。

露似沾巾①，独坐亦含嚬②。

【翻译】

春天离去了，
多多辞谢那位洛阳的客人。
纤弱的垂柳随风荡漾
　仿佛扬举起飘飘衣袖。
丛丛春兰着满了露珠，
　好像那泪水沾了丝巾。
独自闲坐也愁结眉心。

潇　湘　神

这首词写出了潇湘一带特有的风物和幽情。泪洒竹枝的传说，深夜听琴的情趣，虚渺清空之中含着几分动人的真切，流露着作者谪贬巴山楚水间的情怀。

① 裛（yì 义）露：露水沾衰。 ② 嚬（pín 贫）：皱眉。

斑竹枝①,斑竹枝,泪痕点点寄相思。楚客欲听瑶瑟怨②,潇湘深夜月明时③。

【翻译】

斑竹枝啊斑竹枝,
泪痕点点寄托着相思。
楚地的游子啊
　若想听听瑶瑟的幽怨,
在这潇水湘江之上
　当着夜深月明之时。

---

① 斑竹:又名湘妃竹。神话传说舜帝南巡,死在苍梧,舜帝的妃子娥皇、女英思念舜帝,眼泪滴在竹上,从此出现了斑竹。 ② 楚客:湖南、湖北一带(古属楚地)的旅客,这里自指。瑶瑟:镶嵌美玉的瑟。 ③ 潇湘:指潇水、湘水。

白 居 易

花 非 花

这首词抒写一种朦胧恍惚的情思，美妙迷茫，倏来忽去，夜深独处之时，似梦却醒之际，短暂而无踪迹，蕴含着作者对某种美好怀想的思索，对人生的无限感慨。情思奇丽，回味不尽。语言浅显，故不译。

花非花，雾非雾。夜半来，天明去。来如春梦不多时，去似朝云无觅处。

忆 江 南

这首词写出了作者对江南景色美好的回忆和深切的怀想。写景浓丽多彩,抒情真挚热烈。

江南好,风景旧曾谙[①]。日出江花红胜火[②],春来江水绿如蓝[③],能不忆江南。

【翻译】

江南好,
江南的风景从前我多么熟悉。
日出时江边的野花比火更红艳,
春天里碧绿的江水多像蓼蓝印染。
怎能不回忆这美好的江南?

忆 江 南

这首词抒写作者旧日游览杭州的印象以及

---

① 谙(ān 安):熟悉。 ② 江花:江边盛开的花。 ③ 蓝:一种蓼科植物,叶子可制成青绿染料。

盼望故地重游的心情。作者印象最深的是月下寻桂，枕上看潮。全篇清幽宁静，别有一种风情。

江南忆，最忆是杭州。山寺月中寻桂子①，郡亭枕上看潮头②，何日更重游？

【翻译】

回想起江南，
最想念的是杭州。
山寺中月光下把桂子寻觅，
郡亭里枕席上遥看钱江潮头。
哪一天啊再能故地重游？

长相思

这首词抒写离愁闺怨。上片写游子流落瓜洲，思归故乡；下片写思妇月夜倚楼，思念丈夫。全篇技巧纯熟，有民歌风韵，读来如行云流水，而意境又颇凝重。

---

① 桂子：桂树的一种，五月开小红花。 ② 郡亭：白居易任杭州刺史时住的官府。

汴水流①，泗水流②。流到瓜洲古渡头③，吴山点点愁④。　思悠悠，恨悠悠。恨到归时方始休⑤，月明人倚楼。

【翻译】

汴水奔流，
泗水奔流，
直流到瓜洲那古老的渡口，
远望吴地的山
　点点处处都是忧愁。

不尽的思念，
不尽的怨忧，
这怨忧要到你回家才得罢休，
明明的月光下
　有人独倚高楼。

---

① 汴水：指古汴水。源出河南旧郑州，经江苏旧徐州合泗水入淮。② 泗水：源出山东陪尾山，古时流程甚长，支流与汴水合，汇入淮河。③ 瓜洲：在长江北岸，与镇江隔江相望。是南北交通之要冲。④ 吴山：泛指江南的山。⑤ 休：停止。

皇 甫 松

梦 江 南

这首词通过叙述一个轻柔恬美的梦境，描绘了江南初夏迷人的小景，亲切温和，意蕴无尽。

兰烬落①，屏上暗红蕉。闲梦江南梅熟日，夜船吹笛雨潇潇，人语驿边桥②。

---

① 兰烬：泽兰炼成的油可制成兰膏点灯，落下来的灯花称作兰烬。 ② 驿：驿站。

【翻译】

兰膏的灯花已经残落，
屏风上的红蕉变得暗淡幽茫。
闲来梦中又看到江南
　正是黄梅成熟的时光。
夜晚的小船上吹着笛子
　细雨儿正轻轻地作响，
有人悄语在驿站小桥旁。

温 庭 筠

菩 萨 蛮

这首词写出了一个女子晨起之后，寂寞无聊，梳妆穿戴的情状。金粉花饰的浓彩，掩盖不住她孤独和被冷落的心情。

小山重叠金明灭①，鬓云欲度香腮雪②。懒起画蛾

① 小山：指床前屏风上的画景。金明灭：形容日光在画屏上闪烁不定。 ② 鬓云：形容女子鬓发多而蓬松。度：滑过。腮：面庞。

眉①,弄妆梳洗迟②。　　照花前后镜③,花面交相映。新帖绣罗襦④,双双金鹧鸪⑤。

【翻译】

屏风曲折重叠,日光闪烁不定,
鬓发如云,像要滑过雪白的面庞。
懒懒起身,描画秀眉,
着意打扮,慢慢儿梳妆。

前后镜子照一照雕花首饰,
花色与面容映衬得多么漂亮。
新绣贴在丝绸小袄上,
金色的鹧鸪成对成双。

菩　萨　蛮

这首词抒写闺妇春梦,情思聊赖,虚虚实实,清丽空濛,凄迷缠绵,令人揣摸不尽。

---

① 蛾眉:蚕蛾触须细长弯曲,故多用来比喻女子美丽的眉毛。② 弄妆:梳妆。③ 花:指雕花首饰。前后镜:前后两面镜子。④ 帖:指把金线绣成的花样贴缝在衣服上。襦(rú如):短上衣。⑤ 金鹧鸪:指金线绣成的鹧鸪图形。

水精帘里玻璃枕①，暖香惹梦鸳鸯锦②。江上柳如烟，雁飞残月天。　　藕丝秋色浅③，人胜参差剪④。双鬓隔香红⑤，玉钗头上风⑥。

【翻译】

水晶的帘子玻璃的枕，
温暖芬芳的鸳鸯被招人入梦。
江岸的垂柳轻柔如烟，
大雁飞翔在残月的天空。

素丝衣裙透着淡淡的秋色，
头上花饰修剪得高低齐整。
两鬓各插一朵香红的鲜花，
宝玉钗子好像在微风中颤动。

菩　萨　蛮

这首词写闺妇思念从军的丈夫。春光艳

---

① 水精：同水晶。玻璃：古代所谓玻璃多是天然水晶。② 惹梦：引人入梦。鸳鸯锦：指绣着鸳鸯的锦被。③ 藕丝：青白色，这里指衣裙。④ 人胜：又称花胜，古代妇女的花形首饰。⑤ 香红：指鲜花。⑥ 玉钗（chāi 拆）：玉制的发钗。头上风：形容首饰随步微微颤动。

丽，娇美的少妇越发惆怅多思。本篇以浓墨重彩铺叙春光妍色，热闹中见清冷，欢笑里见烦忧，表现手法高妙却不露痕迹。

翠翘金缕双鸂鶒①，水纹细起春池碧。池上海棠梨②，雨晴红满枝③。　　绣衫遮笑靥④，烟草粘飞蝶⑤。青琐对芳菲⑥，玉关音信稀⑦。

【翻译】

翠尾金纹有一对紫鸳鸯，

波儿轻漾一池春水碧绿。

池边生着那海棠树，

雨后天晴红果儿满枝丰腴。

绣花衣衫遮掩着笑脸上的酒窝，

烟雾濛濛的青草把飞舞的彩蝶粘住。

---

① 翠翘：指鸟尾上翠色的长毛。金缕：指鸟身上金色的花纹。鸂鶒（xī chì 西斥）：水鸟名，形同鸳鸯，色多紫，又称紫鸳鸯。 ② 海棠梨：指海棠果。 ③ 红：指海棠果色泽鲜红。④ 笑靥（yè 夜）：俗称酒窝。 ⑤ 烟草：烟气笼罩的草丛。⑥ 青琐：刻镂成格的窗户。芳菲：花草芳香繁茂。 ⑦ 玉关：即玉门关，在今甘肃敦煌西北，唐时为出入西域的要塞。

花格子窗儿对着繁茂的花草，

玉门边关的音信如此稀疏。

菩　萨　蛮

这首词写闺中少妇春夜怀念远方丈夫。词中回忆当初送行，梦想日后相见……种种情状贯穿着苦涩的思恋，清丽温婉，悱恻动人。

玉楼明月长相忆，柳丝袅娜春无力[①]。门外草萋萋，送君闻马嘶。　画罗金翡翠[②]，香烛销成泪[③]。花落子规啼[④]，绿窗残梦迷。

【翻译】

在精美的闺楼上

　对着明月长久思忆，

柔美多姿的柳条

　春天里娇慵无力。

门外芳草这般茂密，

① 袅娜（niǎo nuó 鸟挪）：柔软细长。 ② 翡翠：鸟名。 ③ 香烛：含有香料的蜡烛。销：融化。 ④ 子规：即杜鹃。

送你时的马鸣声
　仍在耳边萦回。

花罗帐绣着金色的翡翠鸟，
蜡烛融化滴着泪水。
春花凋零，杜鹃啼叫，
绿窗里，残梦痴迷凄悲。

更 漏 子

这首词写一位大家闺妇怀念远人。春夜里，人也悲伤，物也凄凉，处处笼罩着薄薄的愁色。情调忧郁而神态稳重，独见风度。

柳丝长，春雨细，花外漏声迢递①。惊塞雁，起城乌②，画屏金鹧鸪。　　香雾薄③，透帘幕，惆怅谢家池阁④。红烛背⑤，绣帘垂，梦长君不知。

---

① 漏声：计时漏壶滴水声。迢递（tiáo dì 条地）：形容滴漏声连续不断。 ② 城乌：栖宿城头的乌鸦。 ③ 薄：通“迫”，逼来。 ④ 谢家：南朝谢氏是士族大家，此借指少妇之家。 ⑤ 背：指烛光从背后照来，十分暗淡。

【翻译】

柳条儿修长，
春雨细密，
花丛外，漏滴声声相续。
忽然被塞外的大雁惊动，
恍惚间城头的乌鸦飞起，
原来是那屏风上的金鹧鸪。

清香的雾气逼来，
透过了帘子帏幕，
惆怅地看见了谢家的池塘楼阁。
红色的蜡烛暗淡无光，
绣花的帘子深深垂放，
春夜的梦啊绵长不断
　你并不知我的心肠。

更　漏　子

这首词写一个年轻女子在暮春的黎明挂念远方爱人，怀想旧日时光。上片写景寓情，下片抒情传神，情景交融，生动自然。

星斗稀，钟鼓歇，帘外晓莺残月。兰露重①，柳风斜，满庭堆落花。　　虚阁上②，倚栏望，还似去年惆怅。春欲暮，思无穷，旧欢如梦中。

【翻译】

星斗已经稀疏，
钟鼓也已停歇，
帘子外边
　破晓的黄莺儿叫着，当空一轮明月。
兰草上露水重重，
柳条儿在风里歪斜，
庭院里堆满了落花。
空空的楼阁上，
倚着栏杆眺望远方，
还像去年一样惆怅。
春天就要过去，
思念依旧无穷，
往日的欢爱恰似在梦中。

更　漏　子

这首词写游子思妇的离思归愁。上片写思

---

① 兰露：兰草上的露珠。 ② 虚阁：空阁。

妇倚楼远眺，彻夜相思；下片写游子日夜兼程，归心似箭。它通过景物描写，表现人物心态，语言精炼，意境深远，耐人品味。

背江楼，临海月，城上角声呜咽①。堤柳动，岛烟昏②，两行征雁分③。　京口路④，归帆渡，正是芳菲欲度。银烛尽，玉绳低⑤，一声村落鸡。

【翻译】

背倚江边楼阁，

面对海上明月，

城楼上号角声声呜咽。

堤岸杨柳摇动，

岛上晨雾迷茫，

远行的大雁飞成两行。

走在京口大路，

① 角声：指驻军的号角声。 ② 岛烟：岛上的晨雾。 ③ 征雁：远行的大雁。 ④ 京口：今江苏镇江。 ⑤ 玉绳：星名，在北斗星座的第五星北边的两颗星称玉绳。玉绳星落时，夜尽天明。

登上归船渡江，

正是花草凋落时光。

银色蜡烛燃尽，

玉绳星已经落得低低，

村落里一声鸡啼。

更 漏 子

这首词抒写思妇秋夜无眠，苦于离愁。上片写闺房情景，下片写屋外秋雨。字字惨淡，词词伤情，刻画出一个令人同情的思妇形象。

玉炉香①，红蜡泪，偏照画堂秋思②。眉翠薄③，鬓云残，夜长衾枕寒。　　梧桐树，三更雨，不道离情正苦④。一叶叶，一声声，空阶滴到明。

【翻译】

玉石香炉散发薰香，

红色蜡烛淌着泪水涟涟，

---

① 玉炉：玉制的香炉。 ② 偏：单单。 ③ 眉翠：眉上画的翠色。古人用黛石画眉。 ④ 不道：不顾，不管。

烛光偏偏映照着画堂

　充满了秋日的愁怨。

眉间的翠色淡薄，

如云的鬓发散乱，

黑夜漫长

　更觉得被褥不耐寒。

梧桐树的落叶，

三更天的雨滴，

不顾人间离情正是此时最苦痛。

一叶叶，

一声声，

在空阶上滴落直到天明。

酒　泉　子

这首词写一个多情男子重游旧地，怀念昔日邂逅的女子。音容笑貌犹在，旧日楼阁已空，对景怀人，遐想联翩，表现了孤独中渺茫的期盼。

楚女不归①，楼枕小河春水②。月孤明，风又起，杏花稀。　　玉钗斜簪鬟髻③，裙上金缕凤④。八行书⑤，千里梦，雁南飞。

【翻译】

那南国的女子一去不归，
这楼儿依旧倚傍着小河春水。
月亮孤独地照着，
清风徐徐地吹起，
杏花开得那么疏稀。

玉钗斜斜地插在如云的发髻，
裙子上金丝绣着鸾凤，
写一封书信，
把千里相会的梦，
托南飞的雁儿捎去。

定　西　番

本篇以西域人民的口吻，抒发对唐朝使者

① 楚女：指所怀念的南国女子。　② 枕：形容坐落。
③ 斜簪：斜插着。　④ 金缕凤：指金线绣成的凤形图案。
⑤ 八行书：指信札。古代信笺每页八行。

的怀念，衬以塞上景观，寒凉凄清，别有一种滋味。

汉使昔年离别①。攀弱柳，折寒梅，上高台。　　千里玉关春雪，雁来人不来。羌笛一声愁绝②，月徘徊。

【翻译】

汉家使臣当年辞归时，
扯了纤弱柳条，
折下寒梅一枝，
登上高台寄情思。

如今千里玉门关春雪飘飞，
大雁已经归来
　人却没有返回。
羌笛一声，愁情无限，
只有月儿当空徘徊。

梦　江　南

这首词抒写女子对远人的深切思念，忧伤

---

① 汉使：指唐朝赴西域的使臣。 ② 羌笛：羌族的笛类乐器。

缠绵，怨望深切。

千万恨，恨极在天涯①。山月不知心里事，水风空落眼前花，摇曳碧云斜。

【翻译】

千种万种怨恨，
怨恨的终点就在天的尽头。
山间明月不知我心中的事情，
水上清风徒然飘落眼前的花朵，
摇摇晃晃那白云正斜斜地飘着。

梦　江　南

这首词抒写一位江边闺楼的思妇，无望地盼着丈夫归来的心情。殷切的期待与不断的失望交织成一种缠绵动人的情调，蕴含着深长的忧伤。

梳洗罢，独倚望江楼。过尽千帆皆不是，斜晖脉脉

① 天涯：指爱人所在的遥远的异地他乡。

水悠悠①，肠断白蘋洲②。

【翻译】

梳洗停当，

独自倚在临江的闺楼。

过了无数船只

　都不是我期待的那一艘，

落日余晖脉脉含情

　江水悠然自在地流。

伤心断肠

　总看见那飘满白蘋的小洲。

① 脉脉：含情注视的样子。悠悠：从容不迫的样子。

② 蘋(pín 贫)：一种叶子浮在水面上的水草，夏秋季开白花，所以又叫白蘋。

司空图

酒泉子

这首词通过描写杏花的绽放与凋零，抒发了芳菲易落、人生易老的感慨。

买得杏花，十载归来方始坼①。假山西畔药阑东②，满枝红。　旋开旋落旋成空③，白发多情人便惜。黄昏把酒祝东风④。且从容。

---

① 坼(chè 彻)：裂开。这里指杏花开放。 ② 药阑：药圃。阑，通"栏"。 ③ 旋：很快地。 ④ 祝：祈祷。

【翻译】

买来的杏花，
离家十年归来
　刚刚看到她开放。
假山的西面，药圃的东头，
满枝开得正红。

花儿开得快也落得快
　一忽儿全都成空。
白发年老却多情
　人就是这样怜惜感伤。
黄昏时举酒祈祷东风，
　愿你对她稍加宽厚，吹拂从容。

李存勗

忆仙姿

这首词追忆一段与有情女子欢会的往事，记忆朦胧，情思如梦，怀想绵绵。

曾宴桃源深洞①，一曲清歌舞凤。长记欲别时，和泪出门相送。如梦，如梦，残月落花烟重。

① 桃源：指桃花源，东晋陶渊明《桃花源记》所描写的一个没有人间烦恼的世外乐土。

【翻译】

曾记得欢宴在桃源深洞，

那一曲清歌伴着凤鸟般舞姿飞动。

总是记得依依惜别的时候，

你满含泪水出门相送。

多像一场梦，

多像一场梦，

残月在天，落花遍地

　云烟一重重。

和　凝

临江仙

这首词抒写一个吴越王宫人漂泊他乡、遥恋故国的情思，上、下片都以前二句写当时，后二句忆往年，今昔交织，情景相比，清词丽句，含意深远，不胜身世之怜、故国之思。

海棠香老春江晚①，小楼雾縠涳蒙②。翠鬟初出绣

① 老：残。 ② 雾縠（hú 胡）：轻纱般的薄雾。涳蒙：飘渺迷茫。

帘中，麝烟鸾珮惹苹风①。　　碾玉钗摇㶉鶒战②，雪肌云鬓将融。含情遥指碧波东，越王台殿蓼花红③。

【翻译】

海棠花的馨香已经残尽
　春江正临日暮时分，
小楼笼罩在轻纱一般的薄雾里
　那么飘渺迷蒙。
当年在珠绣的帘子中
　美丽的发鬟刚刚束成，
麝香的烟气与鸾凤的玉珮
　引来阵阵吹拂苹花的春风。

宝玉发钗一步一摇
　钗上的㶉鶒花饰相随颤动，
雪白的肌肤和如云的发髻

① 麝(shè 射)烟：火爇麝香所散发出的香烟。鸾珮：雕有鸾凤的玉珮。苹风：掠过苹花的风。这里比喻女子如初开苹花惹人注意。② 碾玉钗：研磨制成的玉钗。㶉鶒：此指钗上㶉鶒鸟形的花饰。战：颤动。③ 越王台殿：指五代十国时期的吴越国王的亭台宫殿，亦即女子故国宫殿。蓼(liǎo 了)：一种生长在水边的草本植物，花色或红或白。

　　就像要化解消融。
她满怀深情遥指绿水的东面，
那里越王的亭台宫殿
　　蓼花开得正红。

冯 延 巳

鹊 踏 枝

这首词抒写大家思妇的春闺离愁。上片写初春梅花盛开，触发了女子酒醒后的春愁。下片写傍晚倚楼，北归大雁惹得思妇伤心泪落。全篇含蓄地表现了富贵生活填补不了夫妇离别的寂寞空虚的心境，生动细致，耐人吟味。

梅花繁枝千万片，犹自多情，学雪随风转。昨夜笙歌容易散[1]，酒醒添得愁无限。　楼上春山寒四面，过

① 笙歌：富贵人家宴会上的奏乐歌唱。

尽征鸿①，暮景烟深浅。一晌凭栏人不见②，鲛绡掩泪思量遍③。

【翻译】

梅花繁茂

　枝头花朵千万片，

却还是那么多情，

仿效飞雪随风飘转。

昨晚宴会的奏乐歌唱

　一会儿就轻易地分散，

酒醉醒来

　又添上愁情无限。

在楼上观看春天的群山

　更觉得春寒来自四面，

一个个看过了

　远行北归的大雁。

黄昏的景色

---

① 征鸿：远飞大雁。② 一晌（shǎng 赏）：泛指过不多久的时间。③ 鲛绡（jiāo xiāo 交消）：传说海中鲛人所织罗纱，这里指手帕。掩，抹去。

云雾深深浅浅。
扶着栏杆好一会儿
人影都不曾望见。
只有用手帕抹去泪水
把前前后后想个遍。

鹊 踏 枝

这首词抒写失意无聊的闲情，纠缠不清的春愁。大自然生机勃勃的新鲜景物往往会触发文人学士种种复杂的情怀。坎坷的遭遇，离别的惆怅，长夜的寂寞，一切都令人忧郁感伤，旧病新愁，年年都有。

谁道闲情抛掷久？每到春来，惆怅还依旧。旧日花前常病酒①，敢辞镜里朱颜瘦②。　河畔青芜堤上柳③，为问新愁，何事年年有？独立小楼风满袖，平林新月人归后。

---

① 病酒：醉酒的意思。② 敢：岂敢，哪能。③ 青芜：丛生的绿草。

【翻译】

谁说那无聊的闲情
　已被长久地抛弃一旁？
每逢春天来到的时节，
空虚愁闷还和往日一般模样。
过去在花前每每狂饮大醉，
怎能不让镜中的青春容颜
　变得消瘦无光。

河畔的绿草堤上杨柳，
请问那新生的愁思，
为什么年年都有？
独自站在小楼上
　春风吹满衣袖。
平展的新林升起一轮新月
　在人们散去之后。

鹊　踏　枝

这首词抒发闺怨。词中思妇怨恨薄情丈夫冶游不归，却又满含深情地期待，梦里醒里追寻，委婉曲折，刻画传神。

几日行云何处去[1]，忘却归来，不道春将暮[2]。百草千花寒食路[3]，香车系在谁家树[4]？　泪眼倚楼频独语，双燕飞来，陌上相逢否[5]？撩乱春愁如柳絮，悠悠梦里无寻处。

【翻译】

几天来我那流云
　你到哪里去了？
竟忘记回家来，
全不顾春光将要结束。
千百种花花草草
　长满在寒食节的大路，
你的宝马香车
拴在哪家门前的大树？

含泪倚立小楼
　频频独自痴语。
一对燕子飞来，

---

① 行云：空中的流云，暗喻流连在外的丈夫。 ② 不道：不顾。 ③ 百草千花：暗喻妓女们。寒食：节令名，在清明前一、二日。 ④ 香车：指代丈夫的行踪。 ⑤ 陌上：田间小路上。

请问小路上是否遇见
　我那负情的丈夫？
撩乱情思的春愁
　就像这纷纷的柳絮。
悠远迷茫的梦中
　　也无法寻觅你的去处。

采　桑　子

这首词抒写失意的惆怅。在春风荡漾的河岸，面对熙攘的游乐场景，作者却怀着"目断遥天"的"旧愁新恨"，不胜怅惘。外界的喧嚣与内心的冷寂形成强烈的反差，真切可感，含蓄动人。

马嘶人语春风岸，芳草绵绵。杨柳桥边，落日高楼酒旆悬①。　　旧愁新恨知多少，目断遥天。独立花前，更听笙歌满画船②。

【翻译】

马在嘶鸣人在喧笑

① 酒旆(pèi 佩)：酒旗。 ② 画船：华美的游船。

春风轻拂着堤岸，
芳草儿绵延无边。
杨柳依依的小桥旁，
落日里，一面酒旗飘悬高楼上。

旧愁与新恨不知有多少，
纵目望尽迷茫的远天。
独自站在花丛前，
又听到奏乐歌唱的声响
装满那华美的游船。

采 桑 子

这首词抒写春情。上片写春天里的寂寞和向往，下片写情意懒散和内心的遐思。上下两片都是前二句用赋，后二句比兴。写景取喻，优美省净；抒情写意，生动有致。

小堂深静无人到，满院春风。惆怅墙东，一树樱桃带雨红。　　愁心似醉兼如病，欲语还慵①。日暮疏钟，

① 慵（yōng 庸）：懒散困倦。

双燕归栖画阁中①。

【翻译】

小小厅堂幽深静寂
没有人前来探访，
满院里荡漾春风。
惆怅地望看东墙，
那里有一棵樱桃树
　果儿沾着雨珠结得正红。

忧愁的心似乎沉醉
　又像生了病，
想说些什么
　又觉得厌倦懒慵。
暮色中传来稀疏的钟声，
有一对燕子归来
　双双栖落在画阁中。

酒　泉　子

这首词抒写离别的思念。通篇以激发离思

① 栖(qī 妻)：停留，居住。画阁：画饰华美的楼阁。

的特征景物，衬托渲染思妇伫立盼望的形象。忧伤满目，愁怀难遣，而清词丽句，又甚精炼雅瞻。

芳草长川①，柳映危桥桥下路②。归鸿飞，行人去，碧山边。　　风微烟澹雨萧然③，隔岸马嘶何处。九回肠④，双脸泪，夕阳天。

【翻译】

芳草绵绵，河水悠长，
垂柳映着高桥
　桥下是通向远方的路。
归去的鸿雁翩飞，
行人离去，
在那青青的山边。
微风轻拂，云烟淡淡
　小雨下得那般凄凉，
对岸马儿嘶叫
　不知奔向何方？

---

① 长川：长河。 ② 危桥：高架的桥。 ③ 烟澹(dàn 淡)：指烟气淡淡而平稳。萧然：冷落凄清的样子。 ④ 回肠：比喻愁思辗转不解。

辗转不解的愁肠，

脸上泪水双流，

天边西下残阳。

谒 金 门

这首词写宫闺春怨。描写一个嫔妃在春光洋溢的宫中，冷落寂寞，盼望君王，百无聊赖，又满怀侥幸。语言生动，笔触细腻，绘形传神，情态如见。首二句尤见语言艺术之精美。

风乍起①，吹皱一池春水。闲引鸳鸯春径里，手挼红杏蕊②。　斗鸭栏杆独倚③，碧玉搔头斜坠④。终日望君君不至，举头闻鹊喜。

【翻译】

风儿突然吹来，

吹皱了一池平静的春水。

空闲着逗逗鸳鸯

---

① 乍：刚刚。② 挼（ruó 若阳平）：揉搓。③ 斗鸭栏杆：古人常在养鸭池旁设围栏，以观斗鸭。④ 碧玉搔头：即碧玉簪。

散步在芳香的小路上，
顺手揉碎了红杏花蕊。

独自倚着斗鸭池边栏杆，
碧玉的簪子斜斜地下坠。
整天盼着君王
君王总是不来，
抬头听到喜鹊叫了
心里一阵欢喜。

虞 美 人

这首词抒写思妇守窗期盼，忠贞不渝，梦想欢会，然而不免空房寂寞，心意倦怠。全篇有一种痴迷冷寂的色调，似寄托着难言的身世之慨与迷茫的追求。

春山拂拂横秋水①，掩映遥相对。只是长坐碧窗期②，谁信东风吹散绿霞飞③？　　银屏梦与飞鸾远④，

① 拂拂：迷濛的样子。 ② 期：盼望。 ③ 绿霞：形容女子浓密如云霞般的秀发。 ④ 银屏：银饰的屏风。

只有珠帘卷。杨花零落月溶溶①，尘掩玉筝弦柱画堂空②。

【翻译】

春山迷濛，秋水横陈，
交互掩映遥遥相对。
总是这样长久坐在绿窗前盼望，
有谁相信东风能吹散我们
　把我云霞般的秀发吹得飘飞？

银屏风里的梦
　随鸾鸟越飞越远，
只有珠帘还依旧高卷。
杨花零落，月儿朦胧，
玉筝弦柱都笼上灰尘
　画堂空空洞洞。

归　自　谣

这首词表现了春日黄昏闺中的愁情。淡淡

① 溶溶：月色朦胧。② 弦柱：筝上绷住丝弦的柱子。

着色，默默无声，写出了无限忧思与怅惘。情景相应，互为衬托；造语精细，贴切感人。

春艳艳[1]，江上晚山三四点，柳丝如剪花如染。春闺寂寂门半掩。愁眉敛，泪珠滴破燕脂脸[2]。

【翻译】

春光多么明艳，

江面上倒映出

傍晚的远山三四点。

柳丝儿如同剪成一般

鲜花就好像彩色印染。

闺房里寂寞冷静

门儿半开半掩。

愁眉儿紧紧皱起，

泪珠滴落

弄脏了胭脂化妆的脸。

---

① 艳艳：形容春光明媚。 ② 燕脂：即胭脂。

忆秦娥

本篇倾诉了漂泊他乡的游子在雨夜孤灯之中思念故土、怀想妻子的愁怀。景色凄绝，人情极苦，现实的愿望只能寄托梦中，痛楚与无奈尽在言外。

风淅淅，夜雨连云黑。滴滴，窗下芭蕉灯下客①。除非魂梦到乡国②，免被关山隔。忆忆，一句枕前争忘得③。

【翻译】

风声淅淅作响，
夜雨连着阴云一片黑沉沉。
一点点，一滴滴，
敲打着窗前的芭蕉
　和那灯下游客的心。
除非是在睡梦里
　我的魂魄飞回了家乡，

---

① 客：指游子。 ② 乡国：指家乡。 ③ 争：同“怎”。

不再被重重关山阻挡。

回想了又回想，

枕上的那句话我怎么能忘。

李　璟

浣　溪　沙

这首词抒写暮春时节的无限忧伤。落花无主，青鸟飞逝，丁香结愁，绿水长流，都象征着种种难言的失落、冷清和无奈。全篇清婉隽秀，耐人品味。

手卷真珠上玉钩[1]，依前春恨锁重楼[2]。风里落花谁是主？思悠悠。　　青鸟不传云外信[3]，丁香空结雨

---

① 真珠：指珠帘。 ② 依前：依旧像过去一样。 ③ 青鸟：古代神话中的一种神鸟，传说是西王母的信使，曾带信给汉武帝。后多借指使者。

中愁。回首绿波三楚暮①,接天流。

【翻译】

手卷起珍珠帘

　把它挂上玉钩。

依然如往日一样

　春愁笼罩着重重小楼。

风里的纷纷落花

　谁是她们的主人?

这思绪从来迷茫悠久。

青鸟不再传递

　那云外神仙的信息。

丁香花空自缔结

　雨中零落的悲愁。

回望春江绿水

　楚地已是黄昏,

长江水正接天而流。

---

① 三楚:地名,战国楚地。后多用以泛指湖南、湖北一带。

浣 溪 沙

这首词抒写秋怀。上片写憔悴不堪的花，下片写愁苦欲绝的人。荷花枯败凋残与人心憾恨失落相应，一实一虚，两相映照，花也带上愁情，人更现出憔悴，构语精致，造意独特，手法高妙。

菡萏香销翠叶残①，西风愁起绿波间。还与韶光共憔悴②，不堪看。　　细雨梦回鸡塞远③，小楼吹彻玉笙寒。多少泪珠无限恨，倚栏干。

【翻译】

荷花的芬芳消失

碧绿的荷叶凋残。

西风引起了悲愁

在清波绿水之间。

---

① 菡萏(hàn dàn 汗旦)：荷花别称。 ② 韶光：美好时光，也指春光。 ③ 鸡塞：即鸡鹿塞，要塞名，在今内蒙古磴口西北哈萨格峡谷口。这里泛指遥远的边关。

还是和美好的时光
　一同清瘦憔悴。
教人不忍再看。

细雨中的梦
　萦回在边塞那么遥远。
小楼中的玉笙
　吹奏的曲调彻骨凄寒。
滴落了多少泪珠
　引起了无限怨恨，
独自一人倚着栏杆。

李　　煜

虞　美　人

这首词写于作者被俘到汴京之后，表现了一个被废置的君主对往事的苦苦追念，个人的悲哀与亡国的痛楚融和在一起，形成了绵绵无绝的愁思。

春花秋月何时了①，往事知多少。小楼昨夜又东风，故国不堪回首月明中②。　　雕栏玉砌应犹在③，只是

---

① 了：完结。② 不堪：受不了。③ 雕栏：雕花的栏杆。玉砌：玉石台阶。

朱颜改，问君能有几多愁，恰似一江春水向东流。

【翻译】

春天的花朵秋夜的月
　何日才能了结？
往事也不知有多少件。
小楼昨夜里又吹进东风，
可那故国的河山
　在这明亮的月光下
　我实在不忍回顾思念。

雕花的栏杆玉石台阶
　应当都还存在，
只是我青春的容颜已经更改。
问你能有多少忧愁，
就好像那一江春水
　无尽无绝地向东流。

乌夜啼

这首词描写了暮春时节落英缤纷、残红遍地的景象，抒发了人生短促、遭遇凄凉的悲伤，情绪消沉抑郁，但真实动人，语言凝炼。

林花谢了春红①，太匆匆。无奈朝来寒雨，晚来风。

燕脂泪，留人醉，几时重②？自是人生长恨，水长东。

【翻译】

树林里的繁花

　告别了春天的万紫千红，

消逝得太匆忙。

无可奈何

　早晨来一场寒雨，

夜晚又一阵风狂！

胭脂凝红了泪水，

留下有情人酣醉一场，

何日再逢这样的时光？

从来如此

　人生永远充满愁怨，

江水永远流向东方。

---

① 谢：告别。春红：指艳丽的春天。 ② 重：指事的重历，人的重逢。

乌 夜 啼

这首词抒写了作者亡国丧家的离愁别恨和被囚深院的落寞孤单。愁绪难排，幽怨难消，无可奈何之中，只能默默地体味这绵长的苦痛。寥寥数语，道尽无限的哀婉凄凉。

无言独上西楼，月如钩。寂寞梧桐深院，锁清秋①。
剪不断，理还乱，是离愁。别是一般滋味，在心头。

【翻译】

默默无言
　独自登上西楼，
月儿弯弯如钩。
孤寂落寞
　长满梧桐树的庭院里，
闭锁着清冷的深秋。

---

① 锁清秋：指自己被囚深院，只能终日与清冷的秋天相伴。

裁剪不断，
梳理更乱，
是那别恨离愁。
此外还有
　别样的一种滋味，
在我心头。

望　江　南

这首词通过描写梦中情景，追忆了往日游春的繁华场面，如今物是人非，美景不再。以热闹的文字叙愁苦的心怀，说尽了人世沧桑。

多少恨，昨夜梦魂中。还似旧时游上苑[1]，车如流水马如龙，花月正春风。

【翻译】

有多少遗恨，
在昨夜梦魂之中。
还像是当年在上苑游玩，

① 上苑：供帝王游玩打猎的园子。

车如流水来往不断

马似游龙走不停，

鲜花明月正沐浴春风。

望 江 梅

本篇通过闲梦，寄托了对江南故国的怀念，和对自由自在渔隐生活的向往，表现了李后主亡国囚禁苦闷中的另一种心情。清秋时节，南国寒凉，而泊舟芦花丛里，笛响明月楼头，却自有一种清寒自在的乐趣和温暖。望江梅：词牌名，即望江南。

闲梦远，南国正清秋。千里江山寒色远，芦花深处泊孤舟①，笛在月明楼。

【翻译】

闲散的梦多么遥远，

江南故国正当着清秋时光。

千里江山景色寒凉宽阔，

---

① 芦花：即芦苇的花。

芦花的深处

　停泊着孤零零的小舟，

悠扬的笛声

　吹奏在月光下的小楼。

清　平　乐

这首词写春日的离愁别恨。上片写春天景色处处伤情，下片则诉别离忧愁。形容传神，比喻生动，语言晓畅，富于表现力。

别来春半①，触目柔肠断。砌下落梅如雪乱②，拂了一身还满。　　雁来音信无凭③，路遥归梦难成。离恨恰如春草，更行更远还生。

【翻译】

分别以来，春日过了一半，

触目都使我多情肠断。

石阶下飘落的梅花

---

① 春半：春天过了一半。② 砌：石阶。③ 无凭：指音信渺茫。

就像雪片一样纷乱，
刚掸去一身
落花又把衣襟沾满。

雁儿虽然飞来
音信却依旧杳然。
路途那么遥远
回家的梦儿难圆。
离别的愁憾
就像那春天的青草，
越走越远还是长个没完。

蝶恋花

这首词抒写暮春的感伤。上片写暮春风光，下片是对女子春情的感慨，显示了作者茫然若失，不知所措，半是清醒，半是麻木的心境，从而表现了一种人生的悲哀。

遥夜亭皋闲信步①，乍过清明，早觉伤春暮。数点雨

① 遥夜：长夜。亭皋（gāo 高）：河边平地。亭：平。

声风约住[1]，朦胧淡月云来去。　　桃李依依春暗度[2]，谁在秋千，笑里低低语？一片芳心千万绪，人间没个安排处。

【翻译】

长夜里漫步在河边岸上，
刚刚过了清明时节，
却早已感到春日将尽的哀伤。
几点雨声被风声压住，
夜色朦胧
　淡月上有行云来来往往。

桃花李花依恋着春光
　春天却偷偷地过去。
谁在秋千上，
笑声里低声细语。
一片纯洁美好的心
　引起我万端思绪，
人世间没有一个可以安排之处。

---

① 约住：阻止。 ② 依依：花木茂密并含依恋之情。

长 相 思

这首词拟思妇口吻，抒发秋日怀远的愁情，绵绵相思，殷殷期盼，清婉哀凉，愁深情长。

一重山，两重山，山远天高烟水寒，相思枫叶丹①。
菊花开，菊花残，塞雁高飞人未还，一帘风月闲②。

【翻译】

一重山啊两重山，
青天高啊碧山远
　云烟流水这般清寒，
相思中枫叶又红遍。

菊花开啊菊花残，
边塞大雁高高飞翔
　远征的人儿未回还。
一帘清风明月空自闲。

---

① 丹：红。 ② 风月：明指清风明月的美景，暗喻男女情爱。

捣练子令

本篇承题而作。捣练子，是指古时妇女秋天在砧石上捣素帛，准备缝制寒衣。此词即写深夜听砧，怀念离人的愁情。无限寒凉与相思，都在砧声月色之中，沉郁凄绝，声情可见。捣练子令：词牌名，即捣练子。

深院静，小庭空，断续寒砧断续风①。无奈夜长人不寐，数声和月到帘栊②。

【翻译】

深深的院落寂静无声，
小小的庭堂空无人影，
断断续续的捣衣声
　断断续续的寒风。
无奈这漫漫长夜
　人儿不能入眠，

① 砧（zhēn 真）：捣衣石。因捣衣之声随寒风飘来，故称"寒砧"。 ② 帘栊：有竹帘的格子窗。

捣衣的声响

伴月光来到我挂着竹帘的窗棂。

浪 淘 沙

这首词直抒作者的亡国之痛。对于自身处境的无限感慨和对江山故土的深切怀念，都表现得真切感人。文字明白，意蕴委婉，反映了词人高超的语言艺术造诣。

帘外雨潺潺①，春意阑珊②。罗衾不耐五更寒③。梦里不知身是客，一饷贪欢④。　　独自莫凭栏！无限江山，别时容易见时难。流水落花春去也，天上人间。

【翻译】

帘子外的雨声淅淅沥沥不断，

春天的情意早已消残。

罗绸被子耐不住五更天的清寒。

---

① 潺潺(chán 缠)：象声词，状雨声。 ② 阑珊：衰落将尽。 ③ 罗衾(qīn 亲)：丝绸被子。五更：相当于凌晨三点到五点。 ④ 饷：通“晌”。

梦里不知自己是流落他乡的人，
一味贪恋那片刻之欢。

独自一人不要眺望远方去倚那栏杆，
故国无限的江山，
分别时容易相见时难。
流水飘着落花，春天已经走了，
生活的变化就像天上——人间！

玉 楼 春

这首词作于南唐亡国之前，抒写了皇帝与嫔妃侍从夜晚出游和归来时的情景，轻歌曼舞，富贵豪奢，快乐无忧，沉湎太平，与作者亡国后的作品形成了鲜明的对比。

晚妆初了明肌雪①，春殿嫔娥鱼贯列②。笙箫吹断水云开③，重按霓裳歌遍彻④。　　临风谁更飘香屑，醉

---

① 了：结束。② 鱼贯：如鱼群相接一般连续进入。③ 水云：指雾。④ 按：演奏。霓裳：《霓裳羽衣曲》，唐玄宗改编西凉曲而成。安史之乱后失传。南唐昭惠后得残谱，审定补缺，使之再传。遍彻：从头到尾。

拍栏杆情味切。归时休放烛花红，待踏马蹄清夜月。

【翻译】

刚刚梳好了晚妆

　如雪的肌肤多么明洁。

春天的宫殿中

　妃嫔宫女鱼贯而入侍立排列。

笙箫吹得云雾四散，

重新奏起《霓裳》歌乐

　从头演唱到终曲完结。

是谁迎着风儿

　又把那花瓣飘洒？

酣醉里手拍着栏杆

　情思那么真切。

返回时不要点燃那红红的花烛，

让我们随着马蹄声，

　一步步走进这清朗的月夜。

破　阵　子

这首词是追忆亡国时仓惶悲痛的情景。上

片感慨时代的变迁，痛心自己太平误国，下片写亡国被虏，悔恨自己当时的仓惶和荒唐。然而在反思亡国的痛楚教训时，作者更多流露出的是天真多情、依然风流的君主味道。

四十年来家国，三千里地山河。凤阁龙楼连霄汉①，玉树琼枝作烟萝②。几曾识干戈③？　　一旦归为臣虏，沈腰潘鬓消磨④。最是仓惶辞庙日⑤，教坊犹奏别离歌⑥，垂泪对宫娥⑦。

【翻译】

四十年来我的家乡祖国，

三千里地我的山河。

看惯了龙凤雕饰的楼阁连天高耸，

---

① 凤阁龙楼：指帝王所居的楼阁宫殿。霄汉：指极高的天空。 ② 烟萝：烟雾萝藤，指山林隐士的处所。句意是宫中树林引起山林隐逸生活的联想。 ③ 干戈：盾与戟，指代战争。 ④ 沈腰：南朝沈约不得意，上书说自己腰带越来越松，后因以“沈腰”比喻腰围消瘦。潘鬓：潘岳《秋兴赋》中有“斑鬓发以承弁兮”。所以这里把斑白的鬓发称为“潘鬓”。 ⑤ 辞庙：辞别帝王宗庙。这里指亡国后离开故国。 ⑥ 教坊：培养乐伎的机构。 ⑦ 宫娥：宫女。

常常把玉树琼枝当作那
　隐逸中的烟雾藤萝。
什么时候见过战争的烽火？

忽一日变成了臣下俘虏，
瘦损的腰围，斑白的鬓发
　我的生命一天天消磨。
最仓惶是离开宗庙那一天，
教坊还奏着离别的歌，
我流着泪水面对宫娥。

徐昌图

临江仙

这首词写游子异乡为客的漂泊生涯。远离亲人故土，身如“孤燕”“飘蓬”，伴以“残灯孤枕”，梦断酒醒之时，愁苦尤其难耐，必有万种凄凉萦绕心头。本篇以生动传神之笔，写出了落拓平生的感慨。

饮散离亭西去[1]，浮生长恨飘蓬[2]。回头烟柳渐重重。淡云孤雁远，寒日暮天红。　今夜画船何处，潮平淮月朦胧[3]。酒醒人静奈愁浓。残灯孤枕梦，轻浪五更风。

【翻译】

送行的饮宴已散

　挥别长亭向西行，

人生最恨

　像飞动的蓬草一样飘泊不定。

回头眺望

　柳树如烟弥漫重重。

淡淡的云间孤雁飞远，

寒凉的落日照得晚天通红。

这画饰美丽的船儿

　今夜停泊在哪里？

晚潮已涨满

---

① 饮：指送别的酒宴。亭：指长亭。② 浮生：人生。飘蓬：像蓬草一样飘忽不定。③ 淮月：淮河的月亮。

淮河的明月凄迷朦胧。
醉里醒来人声寂静
怎奈乡愁更浓。
将灭的灯烛，孤单的枕儿
伴我入梦，
波浪轻轻吹着五更晓风。

韦　庄

菩萨蛮

这首词抒写游子对妻子的怀念。上片记当年辞家，妻子长夜温柔相伴，黎明洒泪送别，下片述游子在外听琴慨叹，思家念妻。

红楼别夜堪惆怅①，香灯半卷流苏帐②。残月出门时，美人和泪辞。　　琵琶金翠羽③，弦上黄莺语。劝我早归家，绿窗人似花。

---

① 红楼：富贵人家的楼阁。② 流苏：彩丝垂穗。③ 金翠羽：金翠色的鸟羽形的装饰。

【翻译】

当时红楼分别的夜晚
　想起来令人惆怅。
清馨的灯烛中
　半卷起带穗的帏帐。
残月西下送我出门的时候，
美人含泪和我告别分手。

此刻琵琶装饰着金翠色的鸟羽，
琴弦上弹拨出黄莺轻语般的音响。
好像在劝我早日回家去，
绿纱窗下的人儿正像鲜花一样。

菩萨蛮

这首词赞美江南美好的风光与和平生活。末句暗示作者故乡中原正处在战乱中，忧思伤感，尽在不言中。

人人尽说江南好，游人只合江南老[①]。春水碧于天，

① 合：应该。

画船听雨眠。　　垆边人似月①，皓腕凝双雪②。未老莫还乡，还乡须断肠③。

【翻译】

人人都说那江南美好，
远游的人只应在江南终老。
春天的江水比天还蓝。
人在画船里听着雨声睡眠。

酒店垆边的人儿像明月一样，
手腕晶莹洁白如雪似霜。
未到年老不要回归故乡，
回到故乡只会教人悲伤断肠。

菩萨蛮

这首词拟洛阳女子口吻，倾诉了对远方情人不尽的怀念。语调凄迷，含悲含怨，寄托着作者对北方故乡的深切思念和难以回归的惆怅之情。

---

① 垆：指酒店放酒的土台。② 皓腕：洁白的手腕。
③“还乡”句：是说回家后将会思恋江南而悲伤断肠。

洛阳城里春光好，洛阳才子他乡老。柳暗魏王堤①，此时心转迷。　　桃花春水绿，水上鸳鸯浴。凝恨对残晖，忆君君不知。

【翻译】

洛阳城里的春光多么美好，
洛阳城的才子却在他乡衰老。
柳荫遮暗了魏王堤，
此时心绪反而渺茫痴迷。

桃花正开，春水清澈，
水上的鸳鸯沐浴嬉戏。
郁积忧愁对着那夕阳，
思念你啊你却不知我的心意。

归　国　谣

本篇写一女子独守空房，在落花时节怀念远方情人。上片触景伤情，展露心灵的凄凉与

① 柳暗：指绿柳成荫。魏王堤：洛阳名胜，在洛阳南魏王池上。

孤寂，下片情绪热切，表白不顾一切追随所爱的勇气。

春欲暮，满地落花红带雨。惆怅玉笼鹦鹉，单栖无伴侣①。　南望去程何许②？问花花不语。早晚得同归去，恨无双翠羽③。

【翻译】

春天已近晚暮，
满地落花飘红带着雨。
忧愁郁闷就像玉笼中的鹦鹉，
孤单栖息没有伴侣。

遥望南方，离去的路儿在哪里，
向花儿询问，花儿却不言语。
早晚有一天我要和你一同归去，
只恨没有飞鸟的双翼。

清　平　乐

这首词抒写作者的故国之思。上片写春色更

---

① 单栖：独处。 ② 何许：何处。 ③ 双翠羽：双翅。

添乡愁,下片写流亡的王孙公子和悲凄的笛怨。

春愁南陌①,故国音书隔。细雨霏霏梨花白②,燕拂画帘金额③。　　尽日相望王孙④,尘满衣上泪痕。谁向桥边吹笛?驻马西望消魂⑤。

【翻译】

满怀春愁漫步在南面小路上,
故乡的消息已经完全中断。
细雨霏霏,梨花雪白,
燕子拂过美丽的帘子
　和金色的门匾。
终日望见一些王孙公子,
风尘仆仆,衣襟上点点泪痕。
是谁在那桥边把笛儿吹起,
停马西望
　故国多么令人销魂。

---

① 南陌:南面的小路。 ② 霏霏:细雨绵长的样子。 ③ 金额:金彩装饰的门匾。 ④ 尽日:整天。王孙:贵族子弟的通称。 ⑤ 消魂:用江淹《别赋》"黯然销魂者,唯别而已矣"语,指离别故国的悲伤怨恨。

清　平　乐

这首词抒写女子埋怨、悔恨自己与一男子情结欢爱，痛遭遗弃，独守空房，虚度青春。作者于同情哀怜之中，写出了不尽的惆怅。

野花芳草，寂寞关山道。柳吐金丝莺语早，惆怅香闺暗老①。　　罗带悔结同心②，独凭朱栏思深。梦觉半床斜月，小窗风触鸣琴。

【翻译】

野花和香草，
寂寞地生长在这关山路旁。
柳树吐出金黄的丝条
　黄莺儿那么早就在歌唱。
我满怀惆怅
　在香闺里暗自虚度时光。

① 香闺：旧称女子内室。暗老：暗自虚度青春。 ②“罗带”句：用罗带打同心结，表示永结爱情。

我多么悔恨
　解下罗带与你结成同心。
如今独自靠着朱栏
　思念多么深沉。
睡梦中醒来
　一弯斜月照着半个空床。
小窗吹来的风
　触动琴弦哀鸣作响。

谒　金　门

这首词描写了清新美好的春色,寄托了思妇孤寂惆怅的情怀。文笔简洁,语意不尽。

春雨足,染就一溪新绿。柳外飞来双羽玉①,弄晴相对浴②。　楼外翠帘高轴③,倚遍栏干几曲。云淡水平烟树簇④,寸心千里目⑤。

---

① 双羽玉:两只羽毛像玉一样的小鸟。 ② 弄晴:在晴朗的天气里嬉戏。 ③ 轴:卷成轴形。高轴:高高卷起。 ④ 簇:一堆堆。 ⑤ 千里目:用王之涣《登鹳雀楼》"欲穷千里目,更上一层楼"语意,表示极想望见远人。

【翻译】

春天的雨水多么充裕，
把一条小溪染得鲜绿鲜绿。
柳条外飞来一对如玉的水鸟，
晴空里嬉戏，河水中相对洗浴。

楼外翠绿的帘子高高卷起，
曲曲弯弯的栏杆全都靠遍。
淡淡的浮云，平静的河水
　一堆堆树木烟雾弥漫。
怀着我那一寸柔情
　多想再登高一层望望那遥远天边。

天　仙　子

这首词嘲弄醉生梦死的富贵生活。于浓浓酒气，呵呵笑声里，写出人生短促，及时行乐的情态，极为生动有趣。

深夜归来长酩酊[①]，扶入流苏犹未醒[②]，醺醺酒气麝兰和[③]。惊睡觉[④]，笑呵呵，长道人生能几何[⑤]！

【翻译】

深夜归来总是酩酊大醉，
扶进流苏帐里还没有清醒，
醺醺的酒气跟麝香兰香掺和。
忽然从沉睡中惊醒，
笑得哈哈呵呵，
总说人的一生能活几多！

女冠子

这首词拟女子口吻回忆与情人分别情景，抒发了一种缠绵不尽、难以抗拒的相思。语言平易，恳挚动人。

四月十七，正是去年今日，别君时。忍泪佯低面[⑥]，

---

① 酩酊(mǐng dǐng 名上声顶)：大醉的样子。 ② 流苏：帏账上下垂的彩穗。这里代指帐子。 ③ 醺醺(xūn 勋)：酒气浓郁的样子。麝兰：麝香和兰香。 ④ 睡觉：睡醒。 ⑤ 长道：总是说。 ⑥ 佯(yáng 阳)：假装。

含羞半敛眉①。　　不知魂已断，空有梦相随。除却天边月，没人知。

【翻译】

四月十七日，
正是去年的今天，
和你分别时。
忍住眼泪假装低下了脸，
含羞怯只把眉头皱了一半。

不知我的魂魄已经散断，
空有梦儿和你相随。
除了那天边的明月，
没有人知晓理会。

女　冠　子

这首词写一位痴情男子梦见自己的心上人。坦率可爱，令人动情。

① 敛眉：皱眉。

昨夜夜半，枕上分明梦见，语多时。依旧桃花面①，频低柳叶眉②。　半羞还半喜，欲去又依依。觉来知是梦，不胜悲。

【翻译】

昨晚半夜里，
枕上梦中分明见到你，
情话说了多时。
你依然是桃花般艳丽，
娇媚的眉眼总垂得低低。

半是羞怯半是欢喜，
想走又舍不得离去。
醒来才知是一场梦，
我真承受不了这种悲凄。

① 桃花面：容貌美如桃花。 ② 柳叶眉：形容女子眉如柳叶，修长秀丽。

薛 昭 蕴

喜 迁 莺

这首词描写科举考试新中进士的心情。虽然实际尚未富贵，但他已得意非凡，飘然若仙，有前程似锦之感，起卑视一切之心，以至于神志不清，冷热不分。作者褒中寓贬，对当时热衷科举仕进的读书人进行了嘲讽。

残蟾落①，晓钟鸣，羽化觉身轻②。乍无春睡有余酲③。杏苑雪初晴④。　　紫陌长⑤，襟袖冷，不是人间风景。回看尘土似前生⑥；休羡谷中莺⑦。

【翻译】

残月坠落，

晨钟鸣响，

羽化成仙顿觉浑身轻盈。

忽然消失了春天的睡意

　只是还有点余醉未醒。

杏园里雪已不下

　天空刚刚放晴。

帝都的道路漫长啊，

---

① 残蟾：残月。传说月中有蟾蜍，所以称月亮为蟾。② 羽化：指成仙后飞升上天。此借指考中进士。③ 乍：忽然。酲(chéng成)：醉酒后神志不清。④ 杏花：杏园，在曲江边，是新中进士游宴的地方。故址在今西安东南。⑤ 紫陌：指帝都郊野的道路。⑥ 尘土：指尘世间。⑦ 谷中莺：用《诗经·小雅·伐木》"出自幽谷，迁于乔木"语意，比喻从贫贱至富贵的变化，这里泛指人间的升迁，言外是说这种升迁比不上从人间到仙界的羽化。

衣袖里如此寒冷。
这不是人世间的风景。
回头看看尘世
　就好像是我逝去的前生。
从此不必羡慕
　那谷中高迁的黄莺。

牛峤

酒泉子

这首词是对一年前游春时一次邂逅的美好回忆。上片写景，渲染二月仲春的盎然景色；下片写情，描绘游春女子的绝妙佳丽。通篇暗示出抒情主人公情驰神痴的形象，生动有致。

记得去年，烟暖杏园花正发，雪飘香①。江草绿，柳丝长。　钿车纤手卷帘望②，眉学春山样③。凤钗低

① 雪：此指如雪的杏花。 ② 钿（diàn 店）车：金玉装饰之车。 ③ 学：仿照。春山样：指眉毛修饰得就像春山那样。

袅翠鬟上①，落梅妆②。

【翻译】

记得那是去年，

春烟暖暖，杏园花儿正开放，

如雪的杏花飘着芳香。

江畔青草碧绿，

柳丝这般绵长。

雕饰的香车里

　纤纤玉手卷帘儿，有佳人向外探望。

秀眉画成春山模样。

凤钗低低晃动

　在那秀丽的发结上。

美妙的落梅妆。

---

① 袅（niǎo 鸟）：轻轻摆动状。翠鬟：对年轻女子发型的美称，指光洁的环形发结。 ② 落梅妆：古代妇女的一种面部妆饰，又称“梅花妆”、“寿阳妆”。相传南朝宋武帝之女寿阳公主睡在含章殿檐下，梅花落在额头上，形成了五瓣花痕，擦之不去，妇女们纷纷仿效，流行起梅花妆。

定　西　番

这首词抒写北方边塞的寒冷情景和征夫戍士想念故乡的凄凉心境，悲怆感伤，动人心弦。

紫塞月明千里[1]，金甲冷[2]，戍楼寒[3]，梦长安。乡思望中天阔，漏残星亦残[4]。画角数声呜咽[5]，雪漫漫。

【翻译】

长城上明亮的月光照耀千里，
披挂的铠甲冰冷，
驻守的岗楼酷寒，
战士梦中回到了长安。

满怀对家乡的思念
　仰望天空是这样辽阔遥远

① 紫塞：指长城。② 金甲：指铠甲。③ 戍楼：边防驻军的岗楼。④ 漏残：指夜深。漏：滴漏，古代计时器。⑤ 画角：军中号角。

更漏滴尽

星星也只剩下几点。

画角吹来几声呜咽，

大雪漫漫。

江　城　子

这首词描写了南方吴越一带的水乡景色，迷茫清怆，于写景之中寄托了对当时吴越钱家王朝命运的忧心。

鵁鶄飞起郡城东①。碧江空，半滩风②。越王宫殿③，蘋叶藕花中。帘卷水楼鱼浪起，千片雪，雨蒙蒙。

【翻译】

鵁鶄飞起在郡城之东，

碧绿的江上空无人声，

一半是浪拍江滩，一半是风。

---

① 鵁鶄（jiāo jīng 交京）：水鸟名，鹭鸶的一种，能捕鱼，又名“鱼鵁”。 ② 滩风：水打滩声和风催浪声，形容江上风浪很大。 ③ 越王：指五代十国时期吴越国王钱氏。

越王的宫殿楼阁，
仿佛在浮萍和藕花中。
江中的鱼儿翻起浪花。
好像千片雪，
又似细雨濛濛。

张　泌

浣　溪　沙

这首词描写一个多情少年追随女子车乘的轻浮痴狂行为，车上女子撩拨逗弄，又责其轻狂。写来活泼轻松、满含情趣。

晚逐香车入凤城①，东风斜揭绣帘轻，漫回娇眼笑盈盈②。

---

① 凤城：指京城。相传春秋时秦穆公之女弄玉吹箫引凤，凤临京城，故称丹凤城。后因称京城为凤城。② 漫回：不经意地回转。

消息未通何计是①？便须佯醉且随行，依稀闻道太狂生②。

【翻译】

傍晚追逐那香车
　跟进了京城。
东风斜斜
　挑开绣帘儿轻轻。
娇美的眼睛无意回顾一下
　满脸笑盈盈。

消息还没有沟通
　哪个法子适用？
就只好假装喝醉酒，
　且把车来跟。
模模糊糊听她说道
　轻狂过了分！

浣　溪　沙

这首词写一男子在下雪前的黄昏偶见美

① 何计：什么办法。 ② 生：语尾助词，唐宋时口语多有。

女，痴情等候，怅然若失，落魄无聊。词外可见作者冷眼旁观而不无同情的态度，有嘲人自嘲的意味，别有情绪。

小市东门欲雪天，众中依约见神仙①，蕊黄香画贴金蝉②。　饮散黄昏人草草③，醉容无语立门前，马嘶尘烘一街烟④。

【翻译】

在那东门的小市场里

　一个要下雪的天，

人群中隐约看见

　一位美丽的神仙。

花蕊额黄透着香气

　贴着金钗的发髻如蝉。

饮酒散后已是黄昏

　路上行人匆匆来去，

---

① 依约：隐约。神仙：此指美女。 ② 蕊黄：额黄，唐代妇女一种面容修饰。金蝉：指金蝉钗。 ③ 草草：匆匆忙忙的样子。 ④ 尘烘：灰尘飞扬。

满面醉态沉默无语
　我在门前木然伫立。
马儿嘶鸣浮土飞扬
　满街上是烟尘荡起。

蝴　蝶　儿

这首词写晚春时节一个女子学画蝴蝶，见蝴蝶成双成对，不禁伤心，为自己的形单影只而流泪，而蝴蝶也仿佛有情，为流泪的女子垂下了翅膀。抒情缠绵细腻，惹人爱怜。

蝴蝶儿，晚春时。阿娇初着淡黄衣①，倚窗学画伊②。　还似花间见，双双对对飞。无端和泪拭燕脂，惹教双翅垂。

【翻译】

小小蝴蝶儿，
飘飞在晚春时节，

---

① 阿娇：汉武帝刘彻的表妹叫阿娇，汉武帝从小就喜欢她，后立为皇后。这里借指美丽的少女。 ② 伊：她，指蝴蝶。

阿娇刚刚穿起淡黄的衣衫，
靠着窗儿学画蝴蝶。

还好像花丛里相见，
成双成对地飞。
没来由带着眼泪擦掉了胭脂，
惹得蝴蝶儿也把双翅低垂。

牛 希 济

临 江 仙

这首词抒写了黄陵庙引发的感慨。娥皇、女英为舜帝殉情，自古传为佳话，词人则认为人间多情不只是女子，痴心爱恋中的男子更会为情人献出一切。诚挚恳切，激情满怀，旨在讴歌热烈的爱情。

江绕黄陵春庙闲①，娇莺独语关关②。满庭重叠绿

---

① 黄陵：黄陵庙是为虞舜的两个妃子娥皇、女英而立的，旧址在今湖南湘潭附近。 ② 关关：鸟叫声。

苔斑。阴云无事，四散自归山。　　箫鼓声稀香烬冷①，月娥敛尽弯环②，风流皆道胜人间。须知狂客③，拚死为红颜④。

【翻译】

江水绕着黄陵庙

　春天里庙事多么清闲。

唯独娇小的黄莺儿

　一个劲儿地连语不断。

庭院中到处都是

　重重叠叠的青青苔藓。

阴沉的流云悠闲无事，

　四处离散各自飘回山。

箫鼓之声已经稀疏

　香灰也已变得凉寒。

月宫嫦娥收尽光滟

　只留下弯弯的半环。

---

① 箫鼓：指黄陵庙里祭祀时所奏的音乐。香烬（jìn 尽）：香灰。 ② 月娥：指月中嫦娥，喻神仙美女。弯环：形容月娥的眉如弯曲的半环。 ③ 狂客：狂放不羁的人。 ④ 红颜：指美丽的女子。

那迷人的风韵
　谁都说胜过人间。
要知道那狂放的儿郎，
拼死为的是女子红颜。

生　查　子

这首词写黎明时情人离别的情景。景色暗淡，人心悲愁。临别的絮絮情话最为动人，言语朴实，含有无尽温柔，传为名句。

春山烟欲收①，天淡稀星小。残月脸边明，别泪临清晓。　　语已多，情未了。回首犹重道：记得绿罗裙，处处怜芳草。

【翻译】

春山的雾气就要消散，
天色暗淡
　稀疏的星星变得那么小。
残月的光辉

① 烟欲收：指烟雾将要消散。

照在她的脸边，

离别的泪珠洒在清凉的拂晓。

话儿已经说得太多，

情意还不能尽表。

回过头来又再说道：

记住这绿色的绸裙，

处处想到怜爱那青青的芳草。

生　查　子

这首词写痴情少女对意中人的思恋、追求及期望结合的痛苦。词中善用比喻和双关语，在缺月、红豆、隔墙之花上寄寓无限情怀，以桃仁在心指代人儿在心，读来生动有味。

新月曲如眉，未有团圞意①。红豆不堪看②，满眼相思泪。　终日劈桃穰③，人在心儿里。两朵隔墙花，早

① 团圞（luán 峦）：圆的样子。② 红豆：又名相思豆，生于南方，颜色鲜红。③ 桃穰（ráng 让阳平）：桃核里的仁儿。

晚成连理①。

【翻译】

新月弯弯像一抹秀眉，
没有丝毫团圆的意味。
鲜艳的红豆不忍再看，
眼里充满相思的泪水。

每日里总把桃核劈开，
那人儿紧紧包在心儿里。
两朵鲜花隔墙开放，
早晚会枝叶交接成连理。

① 连理：指不同根的草木枝干连生，多用以比喻恩爱夫妻。

尹　鹗

临　江　仙

这首词写深夜梦醒之后难以平息的惆怅。上片从室外景写到闲梦醒，下片从红烛残写到露珠声，清冷凄切，孤单落寞。笔触细致，情深意长。

深秋寒夜银河静，月明深院中庭。西窗幽梦等闲成①。逡巡觉后②，特地恨难平③。　红烛半消残焰

① 等闲：寻常，随便。② 逡（qūn 群阴平）巡：此指顷刻。③ 特地：特别。

短，依稀暗背银屏①。枕前何事最伤情？梧桐叶上，点点露珠零。

【翻译】

深秋寒夜星河寂寞，
月光照亮深院庭中。
西窗下，平常地做了个幽梦。
一会儿醒来，
又格外惆怅难以平静。

红烛燃去一半
　剩下短短的残焰，
隐隐约约地
　在银屏风后渐渐暗淡。
枕儿前有什么事
　最令人伤情？
梧桐树叶上，
露珠儿正滴落孤零。

① 背银屏：指烛光在银屏背后。

李　珣

浣　溪　沙

这首词写一个少女傍晚出门看花时的神态。时髦的发型、流行的服饰，掩抑不住她那说不清的心思，倩姿小影，清新有致，而作者旁观欣赏的形象，跃然言外，更添情味。

晚出闲庭看海棠，风流学得内家妆①。小钗横戴一枝芳②。　镂玉梳斜云鬓腻③，缕金衣透雪肌香④，暗

---

① 内家妆：皇宫的妆扮。 ② 一枝芳：一枝鲜花。 ③ 镂玉梳：嵌有雕玉的梳子。 ④ 缕金衣：用金丝绣成的衣服。

思何事立残阳?

【翻译】

傍晚走出清闲的庭院
　去欣赏海棠,
风韵迷人
　模仿那皇宫中流行的梳妆。
小小的钗子上
　横簪着一枝鲜花多么芬芳。

雕玉的梳子斜插着
　如云的发鬓滑润光亮,
金丝绣成的衣衫
　透出如雪肌肤的清香,
你暗自想着什么事
　孤独站立着,面对残阳。

渔　歌　子

这首词抒写隐士悠闲垂钓、轻松洒脱的生涯。青山绿水,欣赏不尽,人间荣辱,漠不关心,别具一种情调。

楚山青，湘水绿，春风淡荡看不足①。草芊芊②，花簇簇③，渔艇棹歌相续④。　　信浮沉⑤，无管束，钓回乘月归湾曲⑥。酒盈樽⑦，云满屋，不见人间荣辱。

【翻译】

楚山青青，

江水碧绿，

春风舒缓，美景看也看不够。

芳草绵绵，

鲜花丛丛，

渔船轻漾，渔歌一个连一个。

任它随波起伏，

飘流无拘无束，

钓鱼回来，月下停船河湾处。

美酒倾满杯，

白云飘满屋，

看不见人间的荣和辱。

---

① 淡荡：和舒的样子。 ② 芊芊（qiān 千）：草木葱翠茂盛的样子。 ③ 簇簇：密集丛聚。 ④ 棹歌：船工行船所唱的歌，此指渔歌。 ⑤ 信：任凭。 ⑥ 湾曲：河湾停船处。 ⑦ 盈樽（zūn 尊）：满酒杯。

巫山一片云

这首词从过客的角度，描绘了巫山楚地的宫阁旧址和凄茫的风光。思古生感慨，惆怅若自失，语短情长，言尽而意不尽。巫山一片云，词牌名，即菩萨蛮。

古庙依青嶂①，行宫枕碧流②。水声山色锁妆楼③，往事思悠悠。　云雨朝还暮，烟花春复秋④。啼猿何必近孤舟，行客自多愁。

【翻译】

古庙依然靠着那青翠的山峰，

帝王行宫临着碧绿的水流。

水声山色笼罩神女的梳妆楼，

悠悠往事令人凝思长久。

---

① 古庙：指巫山神女庙。青嶂（zhàng 丈）：翠绿而似屏障的山峰。 ② 行宫：帝王外出时临时居住的宫殿。此指楚王行宫。 ③ 妆楼：指传说中巫山神女的梳妆楼。 ④ 烟花：泛指美丽的景色。

行云洒雨还是那样朝朝暮暮，
烟雾繁花依旧从阳春到清秋。
哀猿啼叫何必靠近孤单的旅船，
远行的人儿本来就有满腹忧愁。

南 乡 子

这首词描写水乡渔翁的生活，浪里归来，烹鱼举酒，酒足饭饱，醉入梦乡。抒发了作者超脱世俗、追慕隐者的情怀。

云带雨，浪迎风，钓翁回棹碧湾中①。春酒香熟鲈鱼美②，谁同醉？缆却扁舟篷底睡③。

【翻译】

云朵带着雨丝，
浪头迎着江风，
渔翁回船来到碧绿的水湾中。

---

① 回棹：往回划船。 ② 春酒：冬天酿制，春天成熟的酒，又名冻醪。鲈（lú 卢）鱼：一种银灰色的体长侧扁的鱼，肉质鲜美。 ③ 缆：用绳系住船。

春酒清香醇厚
　鲈鱼肉鲜味美，
谁来和我一同酣醉？
系住那小小的渔舟
　在船篷下安然入睡。

渔　　父

这首词也是抒写渔隐生涯。缘题而作，却抒己怀，质朴地申述了隐逸志趣。

水接衡门十里余①，信船归去卧看书。轻爵禄②，慕玄虚③，莫道渔人只为鱼。

【翻译】

流水连着我简陋的小屋
　路程不过十里多点。
任凭船儿飘泊回去

① 衡门：横木为门，比喻简陋的房屋。② 爵禄：爵位和俸禄。③ 玄虚：泛指道家思想及所追求的一种淡泊清高的生活志趣。

　　我静卧在舱中翻读书卷。
看轻荣华和富贵，
追慕那清高与超凡，
不要说捕鱼的人
　　只会把鱼儿挂牵。

毛 文 锡

甘 州 遍

这首词写北方边塞的战事。从边塞风光写起，顺叙战争发生，将士出征，凯旋归来，朝拜皇帝，用典型情景对整个边塞战争作了艺术概括。气象苍茫，情怀凄怆，展现了无奈的豪壮与苦涩的欢欣。

秋风紧，平碛雁行低①，阵云齐②。萧萧飒飒，边声

---

① 平碛(qì 气)：一望无际的沙漠。碛：沙堆，沙漠。
② 阵云齐：形容云层低压。

四起[1]，愁闻戍角与征鼙[2]。　　青冢北[3]，黑山西[4]。沙飞聚散无定，往往路人迷。铁衣冷[5]，战马血沾蹄，破番奚[6]。凤凰诏下[7]，步步蹑丹梯[8]。

【翻译】

秋风越吹越紧，

一望无际的沙漠上

　雁群低低飞去，

齐天压来阵阵乌云。

马鸣萧萧，风声飒飒，

边塞战争之声四方响起，

人们忧愁地听着

　画角悲鸣，战鼓声急。

---

① 边声：指边塞战争风声。 ② 戍角：军中号角。征鼙(pí皮)：军中战鼓。 ③ 青冢(zhǒng肿)：汉代王昭君之墓，在今内蒙古呼和浩特南。 ④ 黑山：又名杀虎山，在今内蒙古和林格尔以北。 ⑤ 铁衣：指铠甲。 ⑥ 番奚(xī西)：指奚族，古代西北少数民族之一。分布在西拉木伦河流域。 ⑦ 凤凰诏：指皇帝文告。 ⑧ 蹑(niè聂)：踏着。丹梯：又称“丹墀”，宫殿的红色石阶。这两句是说，将军守边立功，受诏回朝去朝拜皇帝，踏着丹梯上前进见。

昭君墓北，
黑山之西，
飞旋的黄沙忽散忽聚，
行人常常把道路失迷。
铠甲多么冰冷，
战马铁蹄沾着血迹，
终于击败了来犯的番奚。
待到君王的诏书下达，
一步步踏上那朝廷的红色阶梯。

醉花间

这首词写思妇春闺怀远。平直坦白，表现了她怕人问起丈夫的消息，偏又被春色撩拨，更怀念远驻边塞丈夫的情状。

休相问，怕相问，相问还添恨。春水满塘生，鸂鶒还相趁①。　　昨夜雨霏霏②，临明寒一阵。偏忆戍楼人③，久绝边庭信④。

---

① 相趁：是说鸂鶒凑热闹，撩人愁怨。 ② 霏霏：细雨纷飞。 ③ 戍楼人：指戍守边疆的丈夫。 ④ 边庭：边疆。

【翻译】

不要来问，

怕人来问，

相问只能增添愁怨。

春水涨满了池塘，

鸂鶒双双还来惹人心烦。

昨夜春雨纷纷飘飞，

临近黎明袭来一阵寒意。

偏偏又想起那远戍的征人，

边疆已经久久没有消息。

魏承班

生查子

这首词抒写闺阁少女在落花时节难言的幽怨之情。烟雨迷茫，燕子双飞，抚琴寄愁，更添哀怨。

烟雨晚晴天，零落花无语。难话此时心，梁燕双来去。　琴韵对熏风①，有恨和情抚②。肠断断弦频③，泪滴黄金缕④。

① 琴韵：指琴声。熏风：香风。 ② 抚：弹奏。 ③ 断弦频：琴弦接连绷断。 ④ 黄金缕：指衣袖上绣的金丝线。

【翻译】

烟消雨住，傍晚天放晴，
遍地落花，悄然无语。
真难表白此时的心事，
梁上的双燕正飞来飞去。

琴声和着暖暖的香风，
满怀怨恨伴着柔情弹奏。
愁肠欲绝，琴弦频频绷断，
眼泪滴湿了绣着金线的衣袖。

顾　夐

河　传

这首词抒写游子孤舟漂泊的离恨别情。凄丽迷茫，幽远清切。

棹举，舟去，波光渺渺，不知何处。岸花汀草共依依①，雨微，鹧鸪相逐飞。　天涯离恨江声咽，啼猿切，此意向谁说？倚兰桡②，独无聊，魂消，小炉香欲焦。

---

① 汀(tīng 听)草：水边平地上的草。 ② 兰桡(rǎo 饶)：《楚辞·九歌·湘君》有"桂棹兮兰枻"、"荪桡兮兰旌"，当为此"兰桡"所本，原应指香木船桨，此泛指船桨。

【翻译】

挥动船桨，
小船离岸，
一望无际的波光，
我不知该向哪里去。
岸边的鲜花和洲上的青草
　都是那样情恋依依。
细雨轻飘，
鹧鸪鸟一个追着一个飞。

流落天涯的离愁别恨
　像江中的流水呜咽，
听哀猿啼声悲切，
这情思向谁诉说？
倚着船桨，
孤独无聊，
黯然魂销，
小炉里香儿就要烧焦。

诉衷情

这首词抒写闺中少妇怀远的怨望，简洁平

直，情深意切，有民间词曲风味。

永夜抛人何处去[1]，绝来音。香阁掩，眉敛[2]，月将沉，争忍不相寻[3]？怨孤衾。换我心，为你心，始知相忆深。

【翻译】

漫漫长夜你撇下我
　远走到哪里？
没有一点音讯。
香阁门儿关上，
眉儿紧紧皱起，
月亮就要西沉，
怎么忍心不把你追寻？
怨恨这孤眠独寝。
只有换我的心，
变作你的心，
你才会知道
　这相思有多么深。

---

① 永夜：长夜。 ② 眉敛：皱眉。 ③ 争：通“怎”。

鹿 虔 扆

临 江 仙

这首词抒写亡国的哀伤。凭吊故国宫殿，追忆当年荣华，哀叹国家的兴亡，幽寂苍凉，无限痛心。

金锁重门荒苑静，绮窗愁对秋空①。翠华一去寂无踪②。玉楼歌吹③，声断已随风。　烟月不知人事改，夜阑还照深宫④。藕花相向野塘中。暗伤亡国，清露泣

① 绮窗：雕饰华美的窗。 ② 翠华："翠羽华盖"的省语，指帝王仪仗。 ③ 歌吹：歌唱和吹奏音乐。 ④ 夜阑：夜深。

香红①。

【翻译】

金锁锁住一道道宫门

　荒凉的园林多么寂静。

雕饰华美的窗子

　忧郁地对着秋日的天空。

帝王的仪仗离去了

　从此渺无音讯不见踪影。

玉楼上的歌唱与奏乐，

声响早已断绝，消散在风中。

雾气迷濛的月亮

　不知道人世已发生更替，

夜尽时分

　依然照着深深的宫殿旧地。

荷花相对，在那荒弃的池塘里。

暗自为亡国而悲伤叹息，

清清的露水滴落

　是芬芳红艳的荷花在哭泣。

① 香红：指清香艳丽的荷花。

阎　选

临江仙

这首词描写巫山与神女庙的景观，抒发了往事遥远、美梦幻灭的感慨，暗示了漂泊于人生仕途的艰辛愁苦。行文舒展，意蕴清幽，耐人寻味。

十二高峰天外寒①，竹梢轻拂仙坛②。宝衣行雨在云端③。画帘深殿，香雾冷风残。　　欲问楚王何处去？

① 十二高峰：指巫山十二峰。 ② 仙坛：指神女庙。 ③ 行雨：降雨。

翠屏犹掩金鸾。猿啼明月照空滩。孤舟行客，惊梦亦艰难。

【翻译】

巫山十二峰高耸天外
　想来多么清寒，
竹梢轻拂神庙的祭坛。
穿着神仙的宝衣
　神女洒雨在云端。
彩画的垂帘，深深的宫殿，
芬芳的迷雾在冷风中消散。

要问楚王如今在何方？
翠绿的屏风还关着金色的凤鸾。
猿声哀啼
　月光照在空空的沙滩。
孤单小船上远行旅客，
从美梦中惊醒
　前途也一样充满艰难。

毛　熙　震

清　平　乐

这首词抒写闺中女子的春愁。暮春时光，夕阳小雨，蝶飞花落，种种惆怅齐上心头，孤凉失意尽在不言中。

春光欲暮，寂寞闲庭户。粉蝶双双穿槛舞[①]，帘卷晚天疏雨。　含愁独倚闺帷[②]，玉炉烟断香微。正是消魂时节，东风满树花飞。

① 槛(jiàn 见)：栏杆。 ② 闺帷：闺房中的帷帐。

【翻译】

春光快要过去，
多么寂寞
　闲散在庭院门户。
双双对对的粉蝶
　穿过栏杆嬉戏飞舞。
卷起帘子
　天晚时飘洒小雨稀疏。

含着忧愁
　独自倚着闺房的帷幔，
玉制的香炉
　烟已散尽香气渐渐微淡。
正是黯然消魂的时节，
东风把满树的春花吹散。

小　重　山

这首词抒写闺怨。委婉的文笔，真切的想象，展示了苦苦相思的娇弱和憔悴、依赖和渴望。生动传神，情态感人。

梁燕双飞画阁前。寂寞多少恨，懒孤眠。晓来闲处想君怜。红罗帐，金鸭冷沉烟[1]。　　谁信损婵娟[2]，倚屏啼玉箸[3]，湿香钿[4]。四肢无力上秋千。群花谢，愁对艳阳天。

【翻译】

梁上的燕子成双成对
　飞舞在华美的闺楼前。
孤单寂寞里有多少幽愁，
懒得独自睡眠。
清晨里闲散的时候
　回想起你当初的爱怜。
在那红色的绸罗帐里，
直到金鸭炉的香烟冷却消散。

有谁相信娇美的容颜已经憔悴，
斜倚着屏风泪流满面，
打湿了芳香的花钿。

① 金鸭：鸭形镶金的香炉。 ② 婵娟：指美丽的容貌。 ③ 玉箸(zhù 助)：比喻流泪状如一双玉筷子。 ④ 钿(diàn 店)：嵌金花的首饰。

四肢无力登上秋千，
百花已经凋谢，
忧愁地对着阳光明媚的蓝天。

菩萨蛮

这首词以白茫茫的梨花、凄冷冷的月色为背景，抒写了闺中少妇思念远方爱人的情怀。冷香凝愁，"风筝"呜咽，尽现内心的悲哀。

梨花满院飘香雪①，高楼夜静风筝咽②。斜月照帘帷，忆君和梦稀。　　小窗灯影背，燕语惊愁态。屏掩断香飞，行云山外归。

【翻译】

满院的梨花
　好似飘洒清香的白雪。
更深夜静的高楼上
　风筝声声呜咽。

---

① 香雪：喻梨花如同芳香的雪片。 ② 风筝：悬挂在檐角的金属片，风起时互相撞击出声，又名"铁马"。

斜斜的月亮

　映照着帘子帐帷。

思念着你

　竟连梦儿也做得稀缺。

小窗里灯影的后面，

燕子低语惊醒了我的愁态。

屏风隔断了香烟飘来，

天上流云从山外飞回。

孟　昶

木兰花

相传孟昶为后蜀君主时，一夜极热，他与花蕊夫人一起在宫中摩诃池上纳凉，共作这首《木兰花》。词摹写了花蕊夫人的睡态与心理，细腻动人，有年华易逝、青春易老的感慨。

冰肌玉骨清无汗，水殿风来暗香满①。绣帘一点月窥人，欹枕钗横云鬓乱②。　　起来琼户启无声③，时见

① 水殿：傍水的宫殿。 ② 欹(qī 妻)枕：枕头斜侧。 ③ 琼户：玉饰的门。

疏星渡河汉[1]。屈指西风几时来[2]，只恐流年暗中换。

【翻译】

冰一样的肌肤玉一样的骨
  清爽洁净没有一点汗，
水上的殿阁晚来的风
  清幽的香气到处弥漫。
绣花的帘子透出一点缝
  月光进来偷偷把人看，
斜侧的枕头横插的钗
  如云的鬓发多么蓬乱。

起得床来
  将玉饰的门户无声地打开，
不时看到
  稀疏的星儿渡过天上河汉。
屈指细数
  秋风要在哪一天吹来，
怕只怕啊
  似水的年华暗中流转。

① 河汉：银河。 ② 西风：秋风。

欧阳炯

三字令

这首词写少妇思念在外的情人。表现形式较为独特，三字一句，节奏短促，句句哽咽，层层深入，波澜层起。

春欲尽，日迟迟，牡丹时。罗幌卷①，翠帘垂。彩笺书②，红粉泪，两心知。　　人不在，燕空归，负佳期。香烬落，枕函欹③。月分明，花淡薄，惹相思。

---

① 罗幌（huǎng 谎）：绸缎制成的帷幕。 ② 彩笺：彩色的信纸。 ③ 枕函：枕头外套。

【翻译】

春天就要过去，
太阳迟迟升起，
牡丹开花之时。
罗绸帏幔卷着，
翠绿帘子垂着。
彩色的信纸写信，
沾满红颜粉泪，
有情两心相知。

美人已经不在，
燕子白白飞回，
辜负相约佳期。
香烛燃尽灰落，
枕套散乱斜着。
月光照得分明，
春花芳香淡薄，
惹动相思愁情。

南 乡 子

这首词描写南方迷人的春景，短小精致，清

新爽洁，有一种朦胧娇媚、耐人寻味的神韵。

嫩草如烟，石榴花发海南天①。日暮江亭春影绿②，鸳鸯浴，水远山长看不足。

【翻译】

嫩草像朦胧的轻烟，
石榴花开在海南天边。
傍晚在江畔亭上
　春色的倒影碧绿明鲜。
一对鸳鸯在水中沐浴，
远去的流水绵延的山
　看了一遍又一遍。

南　乡　子

这首词写南方水乡的小景。景致清新，形象生动，饶有情趣，惹人喜爱。

---

① 海南天：泛指南方。 ② 春影绿：指春天的景色映在水中都成碧色。

画舸停桡[1]，槿花篱外竹横桥[2]。水上游人沙上女，回顾，笑指芭蕉林里住。

【翻译】

华美的船儿停下了船桨，
开满槿花的篱笆外
　竹枝横生到桥上。
水上的游客，沙上的女子，
回头望，
笑指着芭蕉林
　那就是我居住的地方。

南　乡　子

这是一幅南国晚景图。彩霞满天，河岸蜿蜒，一只金灿灿的孔雀正临水洗羽，一任行人从旁边走过。暖意融融，安闲宁静。

岸远沙平，日斜归路晚霞明。孔雀自怜金翠尾[3]，临

---

① 舸(gě 葛)：船。桡(ráo 饶)：船桨。 ② 槿(jǐng 紧)花：木槿花，夏秋之间开红、白花。 ③ 怜：爱。

水，认得行人惊不起①。

【翻译】

长远的河岸，

　平坦的沙滩

夕阳西下的归途上

　晚霞明艳艳。

孔雀爱惜自己金碧的尾羽，

临水去照影，

仿佛认得过路行人

　没有受惊起身离去。

南　乡　子

这首词写南方女子摘红豆的劳动情景。纤巧白晰的手臂与鲜艳明丽的红豆相映生辉，清新优美，独具魅力。

① 起：起身跑掉。

路入南中①,桄榔叶暗蓼花红②。两岸人家微雨后,收红豆③,树底纤纤抬素手。

【翻译】

一路来到了南国,
桄榔树叶茂荫深
　水边蓼花开得红殷殷。
两岸的人家在小雨过后,
采摘那鲜艳的红豆,
相思树下抬起了
　纤细白嫩的手。

江　城　子

这首词描写江南晚景,抒发怀古幽情。从昔日繁华和今日荒清的对比中,反映了人世的沧桑,岁月的无情。

---

① 南中:泛指南方。 ② 桄榔(guāng lǎng 光郎):南方的一种常绿乔木的果实。蓼(liǎo 了):草本植物,开白色或浅红小花,生长在水边或水中。 ③ 红豆:又叫相思豆,相思树所结之籽,色鲜红,古人以此作相思之物。

晚日金陵岸草平①，落霞明，水无情。六代繁华②，暗逐逝波声。空有姑苏台上月③，如西子镜④，照江城。

【翻译】

夕阳下的金陵城
　江岸上青草绵延平整，
晚霞多么明丽，
江水这般无情。
六朝都城的繁华景象，
暗自随波声消逝匆匆。
只留下姑苏台上一轮明月，
就像那美女西施的妆镜，
依旧照着这临江的古城。

定　风　波

这首词写闺中春怨。青春虚度，丈夫不归，怕见美景，怕遇熟人，一种绝望的相思，被冷落、

---

① 金陵：六朝古都，今江苏南京。 ② 六代：即指三国吴、东晋、南朝宋、齐、梁、陈六朝。 ③ 姑苏台：春秋时吴国的楼台，旧址在今江苏苏州西南。吴王夫差为西施筑姑苏台，游宴其上。 ④ 西子镜：西施的妆镜。

遗弃的伤悲，溢于言表，委曲动人。

暖日闲窗映碧纱，小池春水浸晴霞。数树海棠红欲尽，争忍①，玉闺深掩过年华。　　独凭绣床方寸乱②，肠断，泪珠穿破脸边花。邻舍女郎相借问，音信，教人羞道未还家。

【翻译】

温暖的阳光照着闲静的窗
　映出碧绿的窗纱，
小小池塘里的春水
　浸泡着晴天的彩霞。
几株海棠花红得快要凋谢，
怎能忍受，
华丽闺房的门儿深深关闭
　美好的年华这样打发。

独自倚靠着绣床，心乱如麻，
愁肠寸断，

① 争：通"怎"。 ② 方寸：指心。

泪珠污损了如花的面颊。
邻家女伴前来询问，
远方的人儿可有音信，
真叫人羞于开口
　说自己的丈夫还没回家。

许　岷

木　兰　花

这首词描写一个南国少女在芭蕉叶上写情书的情景，生动表现了初恋少女特有的敏感与多虑。语言通俗，描摹逼真，一览无余，别有情致。

江南日暖芭蕉展，美人折得亲裁剪。书成小柬寄情人①，临行更把轻轻捻。　其中捻破相思字，却恐郎疑

① 书：写。小柬：短信。

踪不似①。若还猜妾倩人书②，误了平生多少事。

【翻译】

江南的天气多么暖和
　芭蕉叶平阔又舒展，
美丽的姑娘亲手摘下
　把它细细来裁剪。
写上了一封短短信
　寄给我的心上人。
临到寄出的时候
　还要把它轻轻搓捻。

捻破了信上的相思字样，
又怕心上人怀疑
　不像我的笔迹。
假若还要猜想
　这是我请人代写而成，
岂不耽误了我
　一生多少好事情。

---

① 踪：这里指笔迹。 ② 倩人：请别人。

孙光宪

浣溪沙

这首词抒写南国秋色,抒发怀念故人的情思。橘香阵阵,孤帆点点,江天水色,疏朗清幽,充满深情缱绻的怀旧气氛。

蓼岸风多橘柚香①,江边一望楚天长,片帆烟际闪孤光。 目送征鸿飞杳杳②,思随流水去茫茫,兰红波碧

① 柚(yòu 又):柚子,也叫文旦。 ② 杳杳(yǎo 咬):遥远的样子。

忆潇湘①。

【翻译】

长满蓼花的岸边
　散发着橘子柚子的清香。
江畔放眼远望
　南国的天空辽远宽广。
一片小小的船帆
　在云雾天边闪着孤独的光。

目送那远去的大雁
　飞得无影无踪。
思情随着流水
　飘逝到茫茫远方。
兰花淡红，水波碧绿
　我思念故人在那遥远潇湘。

后　庭　花

这首词咏怀金陵故国，借古讽今，从南朝陈

① 兰红：即红兰，一种秋天开红花的植物。潇湘：潇水湘水合流后的通称。唐郑谷《淮上与故人别》有“君往潇湘我向东”。此用其意，指故人所在。

后主亡国之事感慨历代兴亡。物是人非，无限迷惘。

石城依旧空江国[1]，故宫春色[2]。七尺青丝芳草绿[3]，绝世难得。　　玉英凋落尽[4]，更何人识[5]？野棠如织[6]，只是教人添怨忆，怅望无极[7]。

【翻译】

石头城依然如旧

　那江南故国已成虚幻，

虽然在故宫遗址上还是一派春色。

那曾经称美七尺长发的地方

　如今芳草碧绿，

那绝代的美人已再难寻得。

如玉的美色凋落已尽，

---

① 石城：石头城，又名石首城，故址在今南京西。南朝陈定都于此。 ② 故宫：指陈后主的故旧宫殿。 ③ 七尺青丝：据载，陈后主贵妃张丽华发长七尺，其色如漆。 ④ 玉英：玉之精华。此指张丽华美玉般的姿色。据载，隋军灭陈时，陈后主和张丽华都跳入井中，被隋军俘获，斩首而死。 ⑤ 识（zhì 志）：记住。 ⑥ 野棠：野生棠梨树，春初开白花。 ⑦ 无极：指无边无际的青天。

还有谁能够记起?
满目野棠花开,美如织锦,
只是教人增添幽怨与回忆,
怅然远望,是无垠的天际。

河 渎 神

这首词写汾河边上一座荒凉古庙,在入秋的黄昏和夜晚,空寂冷清,败落不堪,寄托了一种好景不长、物是人非的感伤。

汾水碧依依①,黄云落叶初飞。翠华一去不言归②,庙门空掩斜晖。　　四壁阴森排古画,依旧琼轮羽驾③。小殿沉沉清夜,银灯飘落香灺④。

【翻译】

汾河的流水碧绿依依,
黄云下落叶开始飘飞。

① 汾水:即汾河,黄河支流,在今山西境内。 ② 翠华:用翠羽作装饰的旌旗仪仗,这里指神仙仪仗。 ③ 琼轮:美玉的车轮。羽驾:翠羽的车驾。这里指古画上神仙的车舆。 ④ 灺(xiè泻):灯烛燃后的余灰。

神仙的仪仗一去就没说回来，
庙门在夕阳余晖里空自关闭。

四面墙壁阴森森地排列着古画，
依然画着美玉车轮和鸟羽为饰的车驾。
小小殿堂正是沉寂清幽的夜，
银灯里飘落下熄灭的烛花。

河　渎　神

这首词抒写游子思归，同时又思恋在旅途邂逅的情人，矛盾交织，惆怅不尽，清淡柔婉，娓娓动人。

江上草芊芊①，春晚湘妃庙前。一方卵色楚南天②，数行征雁联翩。　　独倚朱栏情不极③，魂断终朝相忆④，两桨不知消息⑤，远汀时起鸂鶒⑥。

① 芊芊(qiān 千)：草木茂盛的样子。 ② 卵色：指青里透白的天色。 ③ 不极：没有终了。 ④ 终朝：整天。 ⑤ 两桨：用南朝乐府《莫愁乐》“艇子打两桨，催送莫愁来”语意，莫愁是女子名，此借指情人。本句词意是说：尽管快船去接，但情人来不来，仍无消息。 ⑥ 汀：水中小洲。

【翻译】

江边的草儿浓绿一片，
暮春时节来到湘妃庙前。
在这片青白色的楚南天空，
几行远征的大雁齐飞翩然。

独自倚着朱栏情意不尽，
魂儿飘散我整天把你思忆。
快打两桨催你来，却又不知消息，
远远的小洲上不时有双双鸂鶒飞起。

渔　歌　子

这首词抒写捕鱼为生的隐者自在的生活情趣。上片写秋夜水色，下片写飘泊从容。抒发了一种对于山水的由衷赞美和甘于隐者生涯的朴素情怀。

泛流萤①，明又灭，夜凉水冷东弯阔。风浩浩，笛寥

① 泛：飞舞。流萤：飞行的萤火虫。

寥①，万顷金波澄澈②。　　杜若洲③，香郁烈，一声宿雁霜时节。经霅水④，过松江⑤，尽属侬家日月⑥。

【翻译】

飞舞的萤火虫，
忽亮又忽灭。
夜色寒凉，流水清冷
　东边的河湾多么开阔。
风儿浩浩吹来，
笛声寥亮地响，
无边的金波明净清澈。

杜若长满小洲，
芳香那么浓烈，
栖宿的大雁一声长鸣
　正是秋霜洒落时节。
越过霅水，
渡过松江，
全都是我家的天地日月。

---

① 寥寥：寥阔清亮。 ② 金波：形容月光照耀的水波。 ③ 杜若：一种香草，即杜蘅。 ④ 霅（zhà 炸）水：即霅溪，在今浙江吴兴一带。 ⑤ 松江：即吴淞江，在今上海西部、江苏南部。 ⑥ 侬家：我家。侬，古代吴地人的自称。

无　名　氏

菩　萨　蛮

这首词写情人之间逗惹嘻戏。女子的娇媚、任性，少年的风趣、顽皮，都表现得真切生动，呼之欲出，令人喜爱。

牡丹含露真珠颗①，美人折向庭前过。含笑问檀郎②："花强妾貌强③？"　　檀郎故相恼④："须道花枝

① 真珠：珍珠。 ② 檀郎：晋朝的潘安小字檀奴，姿仪秀美，后因以"檀郎"作为美男子的代称。 ③ 妾：古代女子自称。④ 恼：这里有引逗的意思。

好。"一面发娇嗔，碎挼花打人①。

【翻译】

牡丹花沾着露水
　好像嵌着珍珠颗颗，
美人儿折下一枝
　从那庭院前走过。
含笑问那俊美的情郎：
"花儿漂亮还是我漂亮？"

俊美情郎故意逗她气恼：
"应该说是那花儿更好。"
姑娘一边娇媚地嗔骂，
一边揉碎那花儿把他追打。

① 碎挼（ruó 若阳平）：搓碎。

《古代文史名著选译丛书》编纂始末①

马樟根　安平秋

今年1月，《古代文史名著选译丛书》已经出到100种101册（其中《史记》为2册）。4月份，最后的33种也已交稿。这样，全书133种即将呈献在读者面前。② 一项服务当前、造福子孙的普及优秀古代文化、进行爱国教育的大工程将宣告完工了。回想

① 《古代文史名著选译丛书》由全国高校古籍整理研究工作委员会主持，古委会直接联系的18个古籍整理研究所为主要承担机构，章培恒、安平秋、马樟根任主编。本文于1992年4月，在《中国典籍与文化》杂志发表时题目是《衣带渐宽终不悔——〈古代文史名著选译丛书〉编纂始末》。这次将此文作为2011年修订版附录时，去掉原正标题，以原副标题为正式题目。 ② 至1994年4月最后定稿时，全书为135部。2011年修订版出版时，全书为134部。

这一套丛书动员18所院校,投入100余人,从1985年筹划,1986年起步,到今天已度过了六七年的岁月,个中甘辛令人难以忘怀。

一、北大·苏州·北大

——酝酿与筹划

编纂这样一套丛书,起因于1981年7月。当时陈云同志派人到北京大学召开了小型座谈会。来人告诉与会人员陈云同志最近在考虑两个问题:一个是粮食,一个是古籍整理。对古籍整理,特别讲到陈云同志说:“整理古籍,为了让更多的人看得懂,仅作标点、注释、校勘、训诂还不够,要有今译,争取做到能读报纸的人多数都能看懂。有了今译,年轻人看得懂,觉得有意思,才会有兴趣去阅读。今译要经过选择,要列出一个精选的古籍今译的目录,不要贪多。”这就是后来收入《陈云文选》的那段话。1981年9月,中共中央关于整理我国古籍的文件中一字不差地强调了这段话。1983年,教育部成立了全国高校古籍整理研究工作委员会(简称古委会)。古委会主任周林同志根据中央和陈云同志意见,提出了组织力量今译古籍。但在当时,经过“文革”后的古籍整理工作百废待兴，加之一些学者对今译重要性的认识远非今日之深，这一工作一拖便是两年。

1985年5月，全国高校古委会在苏州召开了一届二次会议。周林同志在会上作了“人才培养和古代文化遗产普及问题”的专题发言，他分析了“解放三十多年来，由于‘左’的路线干扰，特别是‘文化大革命’，几乎使我们的民族文化到了中断的边缘，出现了对古代文化知之不多，或知之甚少的状况”，要教育界的同志“做好普及古代文化知识的工作”，搞好古籍的今注今译就是其中的一项重要任务，“高校古委会要在这方面多下功夫”，“高校古籍研究所无疑应担负起这个任务”。他针对当时一些人轻视古籍的今注今译思想，呼吁“我们对于选本、今译等有利于教育普及的东西，应承认它的学术价值”，“《昭明文选》、《唐诗三百首》、《古文观止》等是地道的选本，流传几百年，发生那么大的影响，能说没有水平?”“专家们深入浅出的在对古文献研究基础上的译注，对普及古代优秀文化作出重大贡献，算不算高水平的成果呢?”“古文既要译得恰当、准确，又要通畅易懂，难度是很大的”，“为了社会主义精神文明建设，古籍整理这方面也要作出应有的贡献”。一石激浪，沉寂了几年的今译古籍的话题又重新活跃起来。会上作了一番认真讨论。

经过这样的酝酿，1985 年 7 月，全国高校古委会科研项目评审组的专家们聚集在北京大学勺园，筹划编纂一套古籍今译的精选本。初步定名为《古籍今译丛书》，议定了收书范围、内容，开列了 65 种书的选目。并决定由科研项目专家评审组召集人、复旦大学古籍所所长章培恒教授和参加过陈云同志在北大召开座谈会、当时古委会主管科研工作的副秘书长安平秋同志共同负责，与秘书处同志一起具体筹划。经几个月的筹备，决定由古委会直接联系的 18 个高校古籍研究所承担这一工作，组成编委会，并开列出 89 种书的选目，对选译的进度、规划亦作了设计。此时，几家出版社闻讯而至，表示愿意出版这套丛书。最早与我们联系的巴蜀书社的段文桂社长以其强烈的事业心和对古籍今译的高度重视感动了我们，于是决定邀请巴蜀书社编辑参加第一次编委会议。

二、从柳浪闻莺到桂子山上

——第一批书稿的产生

第一次编委会于 1986 年 5 月在杭州柳莺宾馆

召开。宾馆因位于西湖十景之一的柳浪闻莺而得名。全国高校18个研究所的24名学者和有关人员聚集在这风景胜地,无心观柳,亦无从闻莺,紧张地工作了三天。会上确定了这套普及读物的读者对象是具有中等以上文化程度的广大群众,收书范围是中国历代文史名著,在名著之中选精。所选书目,在原拟89种基础上,调整为116种,以形成系统性。书中选篇之下分提示、原文、今译、注释四部分,以译文为主,书前有一前言,书中加入必要的插图。每一种书约10—15万字。书名确定为《古代文史名著选译丛书》。即由到会的24位学者组成丛书编委会①,由章培恒、马樟根、安平秋三人任主编。于是,编委会立即分成三个工作小组,在会上分头拟出丛书《凡例》、《编写、审稿要求》和《文稿书写格式》,经讨论修改而形成了正式文字以供遵循。在

① 编委会成员按姓氏笔划排列为:
马樟根　平慧善　安平秋　刘烈茂　许嘉璐　李国祥
金开诚　周勋初　宗福邦　段文桂　董治安　倪其心
黄永年　章培恒　曾枣庄(以上为常务编委)
王达津　吕绍纲　刘仁清　刘乾先　李运益　杨金鼎
曹亦冰　常绍温　裴汝诚(以上为编委)

自报的前提下，会上确定了由18个研究所承担前40部书的今译任务，要求当年年底完成。古委会主任、丛书顾问周林同志对编委会的认真精神、紧张工作和显著效率十分赞赏，他说：“有这样一个编委会，有这样一个阵容来做选译，使中国历史文化不成为专属于少数人的知识，使能看报纸的人都读懂自己民族的名著，从而树立爱国主义、建设有民族特色的精神文明，其意义之深远将会在今后愈益显露出来。”于是，有1000余万字的大工程便从这里开始了。

当年年底各研究所的今译书稿经作者完成后，由在该所的编委审改，到1987年5月和7月，先后在复旦大学、北京大学两次召开编委审稿会。这种审稿会，说是审稿，实际上是边审边改，字斟句酌，每部书稿必须经一位编委、一位常务编委审改把关，经过这样两道工序，汇总到主编手中，40部书稿通过了25部。其中部分书稿赶印了样稿征求意见。于是周林同志于7月6日在北大临湖轩邀请了在京十几位专家与正在审稿的编委一起研究样稿，探讨如何提高这套今译丛书的质量。

根据编委审稿发现的问题和在京专家们的意

见，丛书亟需在已定体例的框架中条列细则；而出版单位巴蜀书社又希望所出版的第一批书为50种以便形成格局，需要布置各研究所承担新的今译任务。这样，1987年10月在华中师范大学再次召开了编委会，又请了詹锳、周振甫、刘乃和、郭预衡等先生到会指导。

这次编委会是在审看了40部书稿后，发现了一大批问题亟待解决，又是在需要布置下一步任务的状况下召开的，是一次承上启下的编委会。会议初期人们的心情和会上的气氛都带有一股子严峻与急切。会议从5日到8日开了三天半。但是在4日晚上开预备会的时候，主编章培恒先生尚未到会，亦无他是否已从上海出发的信息。5日上午就要开会了，主编不到怎么行呢？5日一早，我们还在沉睡之中，忽听有人敲门，进来的竟是章培恒！一向风神儒雅、衣装考究的章培恒先生，此时却是一身尘灰、满脸疲惫地站在我们面前。原来他从上海出发前，未能买到机票或船票，而上海到武汉又没有直达火车，只好先从上海坐火车到长沙，为了不误5日上午开会，他只好买了一张无座票，夜间从长沙出发一直站到武昌。一向走路辨不清方向的章培恒竟然在夜色未退之前一人从车站摸到了华中师大专家楼，也算是奇迹。

这次编委会，从体例的具体要求、书中选篇是否合适、每篇中的提示如何写、注释的繁简和语言的通俗性，到今译的信达雅如何把握，例如李白的“床前明月光，疑是地上霜，举头望明月，低头思故乡”这样通俗的诗是否要翻译，在在都有热烈的争论。感谢编委们的努力和学术判断力，最后终于形成了一个《细则》，一切争论都统一在这个《细则》之上。编委们在思想明确、分得新的任务之后，显出了少有的轻松与喜悦。会议结束正逢中秋节，华中师大的专家楼坐落在武昌桂子山上。入夜，桂子山上举行了赏月茶会，几张方桌，围坐着全体编委和特邀到会专家。天上明月如盘，清辉洒地，眼前桂树葱茏，桂花飘香，华中师大古籍研究所的青年们活跃席间，引得王达津先生即席赋诗，刘乃和先生清唱京戏。这气氛预示着《古代文史名著选译丛书》克服了当前的困难，第一批 50 种书稿有如母腹中的胎儿，快要降生了。

三、华清池畔的愁云与人民大会堂的欢欣

——第一批书出版的柳暗花明

1988 年 10 月，编委们再一次聚会，审定第一批

50种中的最后十几部书稿、修改第二批50种中的大量书稿。这次审稿是在“东枕华山、西拒咸阳”的骊山脚下、华清池滨的一家招待所。这里古朴而不豪华，食宿低廉却又实惠，审稿之余，左近有风景可观，有古迹可寻，房内有43℃的温汤沐浴，编委们平日在校教学、科研工作劳累而生活清苦，如今有这样的环境与条件，感到少有的惬意。我们作为主编觉得这也是对编委们两年来辛勤编书的一点补偿。但这种适意之感很快就被两件事所驱散。一件事是书稿的质量。几十部书稿交来，一经审看，从注译到体例完全合格的只有寥寥可数的三四部，余下的，或需小改，或需大改，或根本不合格需退回重作。另一件事是出版发行成了问题。到会的巴蜀书社副社长黄葵同志向大家通报了即将印出的16本书征订情况，最多的为2000册，且只有一种，其他的只有800册、600册，甚至还有200余册。征订不佳，销路不畅，出书要赔钱，出版社为难，编委们又无计可施。此时哪还有心思去观赏“骊山云树郁苍苍，历尽周秦与汉唐”？也无心绪登上骊山，在烽火台前怀古。且正值“楼台八月凉”的节令，只有华清池畔秋雨飘零，秋风瑟瑟，落叶满地，不禁愁从中来。

愁则愁，还得面对现实。书稿质量不高，靠到会近20位编委十余天的逐字逐句修改，终于改定合格17部。至于出版发行问题，巴蜀书社的朋友费心经营，重新设计了封面，改进装帧，将第一批50种装成一个大礼品盒，成盒出售。从中又得到了国家新闻出版署、四川省出版局、国家教委有关司局和各省市教委的大力支持与帮助，发行面得以扩大，到了1990年下半年，首印的17000套书销售已尽，而问讯、索购者不绝，出版社决定再印30000套以供读者需要。中央领导了解到这套丛书受到读者欢迎，欣然为丛书题辞，江泽民总书记的题辞是“做好我国古代文史名著的传播普及工作，使其古为今用，以发扬爱国主义精神”，李鹏总理的题辞是“弘扬民族优秀文化，激励爱国主义精神”。李瑞环同志也为丛书题了辞。

1990年8月22日在北京人民大会堂召开了《古代文史名著选译丛书》出版座谈会。国家领导人李铁映、胡乔木、李德生、陈丕显、廖汉生、王汉斌、王光英出席，古委会主任周林同志主持会议，到会各阶层代表在发言中从不同角度肯定了这套书对促进青少年了解历史、了解国情、了解中华民族优秀传统文化、进行爱国主义教育的作用。时值盛夏，却逢喜雨，洗却了编委和出版社同志心中的忧虑，参加大会堂座谈会的13名常务编委会后又聚集在北京大学讨论深入认识编纂这套丛书的重大意义，研究审改好第二批书稿的具体措施。

四、从舜耕山庄耕作到乐山脚下

——第二批书稿审定之艰辛

第二批书稿50种50册，是1987年10月布置的。1988年10月在西安审改合格的17部书稿都已放入第一批中以替换原已通过的第一批中质量较差的书稿。这样，第二批书稿当时余下的已完成的有20余部，却都不合格，只能要求译注者和编委再行修改。一年之后，编委会汇总来重新改好和新译注交来的第二批书稿44部，1989年10月于济南千佛山下的舜耕山庄召开了常务编委审稿会。

这次审稿，发现的问题较多。有的选目不当，如有的史书重要人物的传不选却选入无关紧要而又无学习价值的人物传，有的名家的文章名篇不选却选入既无文学价值又无借鉴意义的篇章。有的选译所依据的底本不当，舍弃现有的精校本却用校勘不善的本子。有的虽有根据地改动正文却只在注释中说“原作……据别本改”，而不指明据何本改。有的注释过繁，不利于一般读者阅读；有的注释极简，该注释的地方不注，使广大读者看了译文仍无法理解全文的精妙；而更多的是注释不准确，对一字一词增字为训而歪曲了原意的毛病也较普遍。译文问题更多，有的语义不清，佶屈聱牙，把“三顾频烦天下计，两朝开济老臣心”译为“三顾茅庐频烦为天下大计，两朝事业开济尽老臣忠心”，有的为追求通俗生动把“君何往”中的“君”译为“老兄”。每篇的提示，有的写得很长变成了文章赏析，有的虽短却不中肯綮，用了类似“文革”期间的语言扣几顶大帽子了事。看这样的稿子都觉头痛，改这样的稿子更感艰难。审稿历时12天，参加审稿、当时63岁的黄永年先生向我们诉苦：“头发掉了一把!”有的编委说，千佛山古称历山，传说舜在这里开垦耕耘，十分艰辛，我们住在舜耕山庄，预示着我们为这套丛书垦荒笔耕，也要历尽千辛。这次审稿，经过审改之后，有10部书稿合格，有11部需会后再作小的修改方能通过，余下的均需作大的改动或另请人译注。

这次审稿还研究了所选戏曲部分的曲辞如何今译问题，如规定了念白中出现的诗句只注不译，上、下场诗只注不译，注而不译的文字在译文中应予保留以便参读。

到 1990 年 12 月，丛书常务编委在广州研究丛书如何体现批判继承精神、如何提高第二批书稿质量时，又有 18 部书稿完成交来。为了保证书稿质量，使 1991 年上半年召开的常务编委审稿会得以顺利进行，我们三个主编从广州匆匆赶到北京，用了一周时间审看了这 18 部书稿，通过了 7 部，1l 部退改。当我们看完最后一部书稿碰头研究时，已是 12 月 31 日。在 1990 年一年内，我们仅仅通过了这 7 部书稿。加上 1989 年在舜耕山庄通过的 10 部，也仅有 17 部，尚差 33 部方足第二批的 50 部。

1991 年 5 月，常务编委来到古称嘉州的乐山市，在乐山山腰的八仙洞宾馆继续审改第二批书稿。改稿时间只有十天，要力争将 50 部推出，其繁重可知。我们在改稿过程中，不禁想到明万历年间嘉州知州袁子让的诗句“登临始觉浮生苦”，想到这套丛书从起步到这次审改已历时 5 年，当初怎么也没有想到完成这套丛书会是如此的艰辛，真是登临始觉笔耕苦啊！

这次乐山审稿，通过了13部书稿。好在余下的20部书稿只须小改即可在会后交稿，终于在1991年8月将这20部书稿全部改定交巴蜀书社。第二批50部历时近四年终于定稿了。

五、在金陵古都作光辉的一结

——第三批书稿的完成

1990年12月据出版社的要求，这套丛书出齐当为150种，到乐山会上又修正为110种至125种，最后数字的确定根据最后一次审稿结果而定，合格的即入选，不合格的不再修改选入。根据这一共识，今年4月中旬，我们一部分常务编委聚集到六朝古都南京，从已经交来的35部书稿中选择经小改合格的书稿。经过十一天的劳作，选择、改定33部，由到会的常务编委、巴蜀书社的段文桂总编和编委、巴蜀书社的刘仁清副编审带回成都，将经由他们的继续辛苦而使《古代文史名著选译丛书》以133部、1500万字之数呈献给热爱中华文化的读者。

这套丛书从1986年5月起步，历时整整六年，平日繁细工作不计，仅编委大小审稿会就开了12次之多。丛书的发起人、顾问、古委会主任周林同志先后参加了8次审稿会，每次都自始至终和大家在一起，听取审稿情况，了解遇到的问题；当我们遇到困难的时候他为我们鼓劲，当我们感到欣喜的时候他提醒我们不可大意。这次他又和我们一起来到虎踞龙蟠的石头城下，为我们督阵，看我们能否为这套丛书作出光辉的一结。

此时此刻，我们与这次会议的东道主、丛书常务编委、南京大学的周勋初先生漫步在中山陵旁，想到今译丛书已基本完成，自然感到如释重负，但理智却使我们不敢轻松，我们期待着全书133部出齐之后专家、读者的评头品足。

1992年4月26日

（原载《中国典籍与文化》1992年第1期）

古代文史名著选译丛书(修订版)总目

丛书主编:章培恒　安平秋　马樟根

书　名	译注者		审阅者		定价/元
老子注译	张玉春	金国泰	安平秋		16.00
庄子选译	马美信		章培恒		18.00
荀子选译	雪　克	王云路	董治安	许嘉璐	19.00
申鉴中论选译	张　涛	傅根清	董治安		18.00
颜氏家训选译	黄永年		许嘉璐		15.00
论语注译	孙钦善		宗福邦		28.00
孟子选译	刘聿鑫	刘晓东	黄　葵		20.00
墨子选译	刘继华		董治安		14.00
韩非子选译	刘乾先	张在义	黄　葵		19.00
新序说苑选译	曹亦冰		倪其心		25.00
论衡选译	黄中业	陈恩林	许嘉璐		22.00
管子选译	缪文远	缪　伟	董治安		18.00
列子选译	王丽萍		周勋初	倪其心	19.00
韩诗外传选译	杜泽逊	庄大钧	董治安		24.00
盐铁论选译	孙香兰	刘光胜	黄永年		13.00
诗经选译	程俊英	蒋见元	刘仁清		19.00
楚辞选译	徐建华	金舒年	金开诚		15.00
贾谊文选译	徐　超	王洲明	安平秋		17.00
司马相如文选译	费振刚	仇仲谦	安平秋		11.00
文心雕龙选译	周振甫		黄永年		17.00
庾信诗文选译	许逸民		安平秋		18.00

书　名	译注者		审阅者		定价/元
嵇康诗文选译	武秀成		倪其心		18.00
谢灵运鲍照诗选译	刘心明		周勋初		18.00
陈子昂诗文选译	王　岚		周勋初	倪其心	14.00
李白诗选译	詹　锳	等	章培恒		22.00
高适岑参诗选译	谢楚发		黄永年		23.00
元稹白居易诗选译	吴大逵	马秀娟	宗福邦		21.00
柳宗元诗文选译	王松龄	杨立扬	周勋初		18.00
李贺诗选译	冯浩菲	徐传武	刘仁清		20.00
杜牧诗文选译	吴　鸥		黄永年		14.00
李商隐诗选译	陈永正		倪其心		19.00
唐五代词选译	亦　冬		董治安		16.00
唐文粹选译	张宏生		周勋初		18.00
晚唐小品文选译	顾歆艺		平慧善		15.00
黄庭坚诗文选译	朱安群	等	倪其心		18.00
辛弃疾词选译	杨　忠		刘烈茂		24.00
元好问诗选译	郑力民		宗福邦		20.00
宋四家词选译	王晓波		倪其心		16.00
黄宗羲诗文选译	平慧善	卢敦基	马樟根		15.00
吴伟业诗选译	黄永年	马雪芹	安平秋		20.00
方苞姚鼐文选译	杨荣祥		安平秋		20.00
明代散文选译	田南池		马樟根		22.00
顾炎武诗文选译	李永祜	郭成韬	刘烈茂		23.00
张衡诗文选译	张在义 韩格平	张玉春	刘仁清		16.00
汉诗选译	张永鑫	刘桂秋	金开诚		19.00

书　名	译注者		审阅者		定价/元
阮籍诗文选译	倪其心		刘仁清		15.00
三曹诗选译	殷义祥		刘仁清		22.00
诸葛亮文选译	袁钟仁		董治安		16.00
陶渊明诗文选译	谢先俊	王勋敏	平慧善		16.00
杜甫诗选译	倪其心	吴　鸥	黄永年		17.00
王维诗选译	邓安生	等	倪其心		20.00
刘禹锡诗文选译	梁守中		倪其心		20.00
孟浩然诗选译	邓安生	孙佩君	马樟根		18.00
韩愈诗文选译	黄永年		李国祥		20.00
欧阳修诗文选译	林冠群	周济夫	曾枣庄		20.00
曾巩诗文选译	祝尚书		曾枣庄		19.00
苏轼诗文选译	曾枣庄	曾　弢	章培恒		23.00
李清照诗文词选译	平慧善		马樟根		15.00
陆游诗词选译	张永鑫	刘桂秋	黄　葵		24.00
朱熹诗文选译	黄　珅		曾枣庄		20.00
文天祥诗文选译	邓碧清		曾枣庄		20.00
袁枚诗文选译	李灵年	李泽平	倪其心		20.00
王安石诗文选译	马秀娟		刘烈茂	宗福邦	18.00
二程文选译	郭　齐		曾枣庄		25.00
范成大杨万里诗词选译	朱德才	杨　燕	董治安		26.00
萨都剌诗词选译	龙德寿		曾枣庄		28.00
王阳明诗文选译	吴　格		章培恒		18.00
徐渭诗文选译	傅　杰		许嘉璐	刘仁清	17.00
李贽文选译	陈蔚松	顾志华	李国祥	曾枣庄	17.00

书　名	译注者		审阅者	定价/元
三袁诗文选译	任巧珍		董治安	17.00
王士禛诗选译	王小舒	陈广澧	黄永年	13.00
龚自珍诗文选译	朱邦蔚	关道雄	周勋初	13.00
尚书选译	李国祥 谢贵安	刘韶军 庞子朝	宗福邦	14.00
礼记选译	朱正义	林开甲	宗福邦	22.00
左传选译	陈世铙		董治安	22.00
国语选译	高振铎	刘乾先	黄　葵	22.00
战国策选译	任　重	霍旭东	李国祥	21.00
吕氏春秋选译	刘文忠		董治安	17.00
吴越春秋选译	郁　默		倪其心	19.00
史记选译	李国祥 张三夕	李长弓	安平秋	29.00
汉书选译	张世俊	任巧珍	李国祥	22.00
后汉书选译	李国祥 彭益林	杨　昶	许嘉璐	24.00
三国志选译	刘　琳		黄　葵	18.00
晋书选译	杜宝元		许嘉璐	15.00
宋书选译	漆泽邦	孔　毅	李国祥	19.00
南齐书选译	徐克谦		周勋初	18.00
北齐书选译	黄永年		安平秋	16.00
梁书选译	于　白		周勋初	17.00
陈书选译	赵　益		周勋初	17.00
南史选译	漆泽邦		安平秋	22.00
北史选译	刁忠民		段文柱	20.00

书名	译注者		审阅者		定价/元
周书选译	黄永年		安平秋		15.00
魏书选译	杨世文	郑　晔	周勋初		22.00
隋书选译	武秀成	赵　益	周勋初		20.00
新唐书选译	雷巧玲	李成甲	黄永年		16.00
旧唐书选译	黄永年		章培恒		16.00
新五代史选译	李国祥	王玉德	周勋初		18.00
	姚伟钧				
旧五代史选译	贾二强		黄永年		17.00
宋史选译	淮　沛	汤　墨	曾枣庄		20.00
辽史选译	郭　齐	吴洪泽	曾枣庄		21.00
金史选译	杨世文	祝尚书	曾枣庄		21.00
	李文泽	王晓波			
元史选译	樊善国	徐　梓	马樟根		25.00
明史选译	杨　昶		李国祥		20.00
清史稿选译	黄　毅		章培恒		22.00
贞观政要选译	裴汝诚	王义耀	黄永年		18.00
史通选译	侯昌吉	钱安琪	周勋初		16.00
资治通鉴选译	李　庆		黄永年		16.00
续资治通鉴选译	徐光烈		安平秋		24.00
通鉴纪事本末选译	谈蓓芳		章培恒		21.00
洛阳伽蓝记选译	韩结根		章培恒		22.00
梦溪笔谈选译	李文泽		曾枣庄		20.00
徐霞客游记选译	周晓薇	等	黄永年	马樟根	17.00
宋代笔记小说选译	朱瑞熙	程君健	金开诚等		19.00
关汉卿杂剧选译	黄仕忠		刘烈茂		24.00

书　名	译注者	审阅者	定价/元
明代文言短篇小说选译	黄　敏	章培恒	23.00
六朝志怪小说选译	肖海波　罗少卿	刘仁清	21.00
世说新语选译	柳士镇　钱南秀	周勋初	23.00
水经注选译	赵望秦　段塔丽　张艳云	许嘉璐	19.00
唐人传奇选译	周　晨	曾枣庄	24.00
唐五代笔记小说选译	严　杰	周勋初	21.00
大慈恩寺三藏法师传选译	贾二强	黄永年	18.00
宋代传奇选译	姚　松	周勋初	22.00
聊斋志异选译	刘烈茂　欧阳世昌	章培恒	22.00
阅微草堂笔记选译	黄国声	安平秋	16.00
清代文言小说选译	王火青	周勋初	23.00
历代名画记图画见闻志选译	周晓薇　赵望秦	黄永年	17.00
容斋随笔选译	罗积勇	宗福邦	20.00
唐才子传选译	张　萍　陆三强	黄永年	24.00
西厢记选译	王立言	董治安	20.00
元代散曲选译	彭久安	刘烈茂　金开诚	21.00
日知录选译	张艳云　段塔丽	黄永年	22.00
桃花扇选译	张文澍	章培恒　段文桂	15.00
牡丹亭选译	卓连营	章培恒	14.00
长生殿选译	戚海燕	董治安	20.00